用數學一決勝負吧！

算術支配的學校

りょくち真太・著
ろづ希・繪
王榆琮・譯

時報出版

數知學園

School Guide

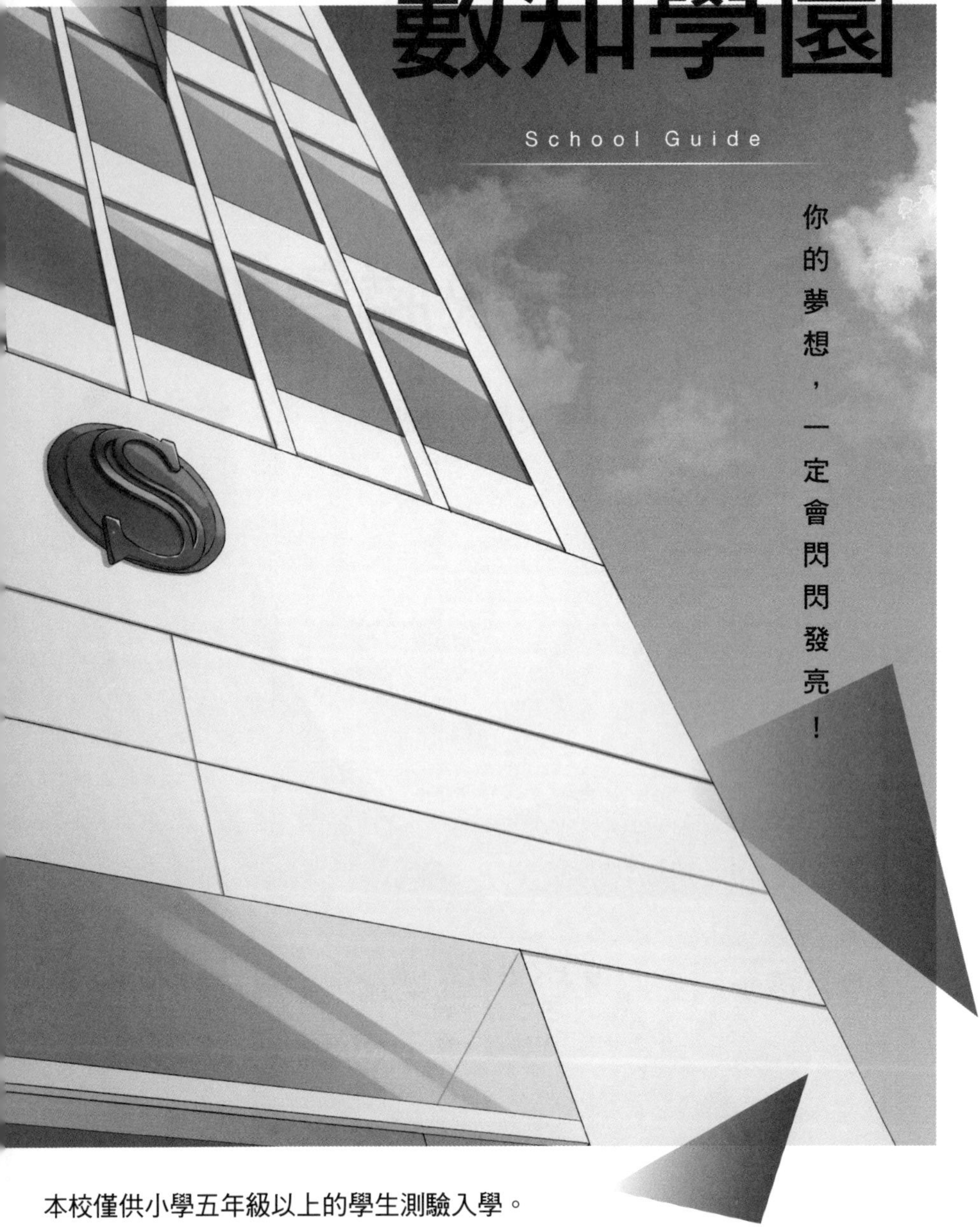

本校僅供小學五年級以上的學生測驗入學。

在這裡，能夠透過深度研究，接受高水準的教育，也就是學習到作為一切基礎的算術能力：這個世界基本原理——數學，畢業生們都在各領域活躍著。此外，這裡也透過名為「數知戰 」的規則，創造提升學生程度的環境。

登場人物

橫山誠志郎

小學五年級生。
喜歡數學，
今年春天才如願進入數知學園。

星宮天音

小學五年級生。
數學天才。
但因為不擅長應付引人注目的情況，
所以不會在人們面前解題。

朝月春歌

小學六年級生。
數知學園小學部學生會長。
是學園中最頂尖的實力派。

什麼是數知戰？

「讓所有孩子們都能享受數學的樂趣！」

所謂的數知戰是一種以測驗形式進行的數學遊戲，也是一種數學實力的競賽機制，學生們可以透過投注入學時給予的積分來參與比賽。題目是由戰桌的 AI 系統公平出題，規則可以從螢幕上自由設定，最多也可以組成三對三的團體戰。請務必有效活用數知戰，來享受豐富的校園生活。

目錄

前言

『數學這種東西，無論在思考上或樂趣上其實都是很單純的喔！誠志郎。』

在我爸爸教導我的許多知識中，這句話最令人費解。

因為所謂的單純，就是簡單之類的意思吧？

對我來說，數學跟遊戲一樣。如果遊戲越困難，解題時的那種暢快感也會跟著提升，而這也是爸爸告訴我的。

——只不過，怎麼會說單純呢？我對這句話不懂的地方在於，是因為我還是個小孩，才會說數學單純嗎？

算了，總有一天一定會告訴我吧。我心裡雖然這麼想著，但是最後卻還是沒機會搞懂這句話的涵義了。

即便是天才數學家也難逃意外，永別，總是來得那麼突然。

那是我最喜歡的爸爸啊。好難過，好痛苦，我一直哭泣著。也思考著。

那句話也許就是爸爸給我的最後一道題目吧。

也是爸爸給我的紀念品。那麼——我就得找出答案。

1 給天才掌聲鼓勵

時序才剛進入四月，早上還能感受到寒意，活動身體後呼出來的空氣，仍能看到白白的霧氣。

我氣喘吁吁地下了腳踏車，抬頭看著面前高聳的大樓。

這是一棟矗立在一片寧靜區域的三十五層樓建築。

在這棟像塔一般高聳、近現代的建築物，或許就能找到爸爸所說的那句話的答案吧。這個地方是爸爸的母校，也是一所直到五年級才能申請入學的特別學校，名為「數知學園」。

「果然很雄偉呢！存在感超級強大的！」

呼～，我仰望天空，發出充滿感動的讚嘆聲。

「你的夢想，一定會閃閃發亮！」

這正是數知學園的標語。

畢業生們可以跳級進入國外的大學就讀，或是很年輕就成為世界知名的研究人員，世界級企業也會爭相來這裡爭取畢業生就職。

「還是沒有聽到任何關於入學測驗的消息啊……，明明今天就是開學典禮了。」

我重新騎上自行車，開始沿著數知學園的圍牆繞著。

一邊像觀察般地注視著校園，一邊環顧四周。

很久以前……從爸爸還是學生的時候開始，數知學園的入學考試就充滿了謎團。

題目方式每年都在改變，而且沒有固定的考試日期和地點。傳聞中，只有算術能力優異的學生才有辦法解題。

所以我從去年夏天就開始準備，以備隨時參加考試。

我也做了很多功課。對數知學園進行了許多調查，並不斷、不斷、不～斷想盡辦法尋找考試相關資料，但現在仍然毫無頭緒。

我聽說數知學園的開學典禮可能就是今天。

一大早，或許連雞都可能還在睡覺，我就騎了二十分鐘的腳踏車，抱著最後的希望，來這裡看看到底有沒有入學考試……

「果然沒有啊……開學典禮當天沒有入學考試啊……」

我抬頭看了看大樓，觀察學校的外牆，仔細檢查校門。

在大白天這樣東張西望地徹底檢查，詭異得都可能讓人報警抓我了，但還是什麼都沒有發現。

眼前的金屬大門反射著早晨的陽光，彷彿嘲笑我似地俯視著我。

「回家吧……」

我長長嘆了口氣，背對校門，騎上腳踏車。

雖然我想調查更多資訊，獲取更多入學考試的線索，但還是不得不回家。

今天也是市內小學的開學典禮，我也即將升上五年級，無論如何，還是不得不放棄啊。

「……或許，爸爸問題的答案並不一定只能在這裡解開來，只不過我好想進入這所學校讀書啊，數知學園，我爸爸的母校，並且是創立數知戰這個規則的學校……」

◇◆◇

我不想放棄，卻也無能為力。

我回到家，停好腳踏車，前往原本的小學。

——話雖如此，現在還只是早上八點而已。

開學典禮將在上午九點半於體育館舉行。還有很充裕的時間。

校門是開著的，所以其實已經可以進去學校了，但是我卻沒有看到任何學生。

怎麼辦呢？我好討厭無聊喔。

我內心如此叨唸著，忽然想出一個小小的惡作劇。

我咚咚咚地爬上樓梯，走進四年級的教室。

然後，在黑板上寫下稍微有點搗蛋的問題：

「已知使用出席者的學號，先將出席者平均分成兩組，A組、B組各三人。請將其他剩下的六人，用同樣的方式也分成兩組（假設每組各有三人）。」

這個問題，我想就連國中生都要稍微思考一下。

這是道即便過去在補習班測驗時，也得花費一番工夫才能解開的棘手問題。

我想所有四年級新生，看到這個題目，想必也會嚇一大跳吧。

問題

已知使用出席者的學號，先將出席者平均分成兩組，A組、B組各三人。請將其他剩下的六人，用同樣的方式也分成兩組（假設每組各有三人）。

【剩下的六個人】

4
9
11
20
29
31
A組
13
17
26
B組
14
16
18

當初看到題目時，明明必須解題，我卻仍和隔壁的孩子聊天，認識新朋友。

對了，稍微透漏一下答案，這是道即便背熟九九乘法表也解不出來的乘法問題。

所以答案是4、9、20為一組，接著是11、29、31為一組，但這個題目讓小學四年級生來回答，也不是太容易喔。

一想到即將走進教室的孩子們的反應，我就覺得有點好玩。

我打著哈欠，看了看手錶。距離惡作劇結束還有一點時間。

早上太早起床了，現在的我很想睡覺。

我把教室後面的座位併在一起，躺了下來。

如果睡個三十分鐘，應該就會有哪個人進教室吧。

一想到這裡就覺得很無趣……

大概過了多久？有五分鐘？還是十分鐘？

我聽見教室的黑板傳來聲響，喀喀喀，是粉筆在黑板上寫字的聲音。

也許是和我一樣早到的學生吧？我慢慢地坐起來，面向前方。

接著，我大吃一驚。

首先，我所看到的是一個有著黑色長髮的美麗少女的背影。然後，在黑板上寫著正確而簡單、宛如課本解答的標準答案。是的，簡單……

這麼刁鑽的題目，連算式筆記都沒有寫嗎？

她看過這道題目？

不可能。這是我的補習班老師想出來的題目。老師自己甚至說，即便是他自己來解這道題，都得稍微思考一下。

我也很喜歡數學並且算是擅長這個科目，但仍然花了很長一段時間才解出這道題目的答案。

即便如此……

天才。

這兩個字如同觸電般掠過我的腦海。

不知不覺間，我的雙手已經動了起來，為那個女孩鼓掌。

「……有人在啊？」

少女像是在懊惱自己的疏忽般，輕輕嘆了口氣。

「抱歉。我嚇到妳了嗎？但是我覺得妳好厲害！」

「因為看到題目，所以才走進教室而已，我不知道你是誰？但請你忘記剛剛看到的事情。」

女孩的回答直接而不留情面。

女孩拿起板擦，準備將眼前的題目和解答一口氣擦掉。

「為什麼？擦掉太可惜了吧，妳一口氣就將題目解出來了耶！」

「有很多孩子，對這件事很反感。」

「是嗎？」

「是啊，我不喜歡和別人比較。你不會有這種感覺嗎？」

「怎麼可能，我從來沒有這樣想過喔。」

我急忙地搖搖頭。接著，女孩拿著板擦左右擺動的手停了下來。我剛剛寫的題目已經被擦掉了，只剩下她的答案。

「我的想法恰好相反。我認為和優秀的人一起做數學題目，非常有趣呢。」

「即使明知贏不過對方，也不會覺得不甘心嗎？」

「覺得不甘心這件事本身，不也是很有趣嗎？」

「……是嗎？你的個性似乎很能承受壓力。」

「大概吧。」

「應該就是這樣吧。……我認為這種個性也不錯呢。」

女孩像是擦窗戶般地用板擦把黑板上的解答擦掉，然後轉過頭來看著我。

啊。我心想，這個女孩長得真漂亮……！

這是我的第一印象，但是稍微靠近一點看，就會覺得有點難親近。很酷。感覺起來好像絕對不會笑的樣子。

「喂，妳……」

我指著她的腳。

「妳穿著藍色的的室內鞋，是五年級生，對吧？我也是喔。我的名字是橫山誠志郎。同一個學年還有另一個姓橫山的同學，而我叫誠志郎。」

「我是星宮天音。叫我天音也可以。」

就算聽了這個名字，我也沒印象……

「呃……四年級的時候，妳在哪一班？我在一班。」

「三班，不過我幾乎沒有離開過教室，所以其他班的事情，我並不清楚。」

「那，升上五年級之後，就可以聊天了呀，剛剛的題目妳是怎麼解出來的，我也很想知道，妳也很喜歡數學吧？否則不可能一瞬間就解出來。」

聽了我的話，天音做了一個若有所思的動作。

「……我的確很喜歡數學。但就我來說，只是因為很擅長單純思考而已。不過你可以當作參考就好，我也不知道怎麼解釋。」

她如此說道。嗯？我對她說的話跟爸爸的說法一樣，感到驚訝。

「另外，很遺憾，我可能無法跟你同班。」

她留下這句話就踏出腳步，急忙地走出教室。

留下了正在思考她說的話的我。

2 令人在意的海報

每個人都開始上學了。

「星宮天音？那個不起眼的女生？」

那次之後，我在校門口遇見了一位以前四年三班的男同學，並向他打聽天音。

他一方面覺得疑惑，一方面還是憑著記憶回答我。

「不起眼？為什麼？」

當我更進一步提問時，男同學歪著頭露出困惑的表情。

「為什麼啊……？我從來沒有看過她和朋友在一起，無論是功課或是體育成績都很普通。」

「功課也很普通？」

我不這樣認為……。我有點吃驚地跟著同學一起朝校園走去。

「為什麼突然問起她？她的確是個漂亮的女生啦。可是誠志郎，你想知道什麼？」

「不是啦，我剛剛就跟你說過了，只是想知道她是個什麼樣的女生而已。」

但是天音將那道題目，一瞬間就解了出來，這種程度不可能只有普通成績，仔細思考她說的話，也許就會發現她其實不是一個不起眼的女生吧。

是嗎？原來如此……可能是不想引起別人的注意，才刻意……

我抬頭看著晴朗的天空。

光是這樣想，就讓我覺得沮喪。

那個女生……天音。如果我們在同一個班級的話，就可以互相交流了吧。

好，我決定了。我要保護身邊有那種才能的人。已經不能再看到天音解題的身影，真的讓我很不甘心呀，就好像追隨的偶像消失了一樣。

——想到這裡，一思考起不知道自己是否有她那樣的勇氣時，心情也開始有點鬱悶了起來。

好吧好吧。事情都過去了。

我在心中下定了決心，抬頭看著校園裡的布告欄上貼著的新班級分配。

根據上面寫的，我的新班級是五年級二班。

放眼望去，找不到天音的名字，也沒有我過去班上任何好朋友的名字。

「算、算了。就在隔壁班，到時候再去找他們玩吧！」

我朋友拍了拍我的背，安慰著備受打擊的我。

他的周遭已經有新班級裡同班同學的一群人，而被分到另一個班級的我則有點難過。

「啊～！」我一面拖著沉重的步伐，一面跟在他們身後，深深嘆了一口氣，接下來，我們就要沿著走廊走到離教室稍微有點距離的體育館，參加開學典禮了……

——就在我經過教職員室前時，

布告欄的張貼處，貼了一張之前我沒看過的海報。

一定是在春假的時候貼上去的，可是……

「開學典禮指南」

海報的標題這樣寫著。

內容好像是……有點奇怪的文字啊。

海報的中央有一張大地圖，上面標示了我的學校，剩下的應該只是裝飾性的設計吧。

開學典禮指南

請**帶**著**鉛筆**和筆記本，於九點**三**十分**移動**到本館集合，聽講座。忘記帶的人請**再**向其他人商借，並試著與新朋友交流**組**隊。**五**十分準時結束。接著，往**正**確的走廊**三角**錐集中處移動，進入新教室。

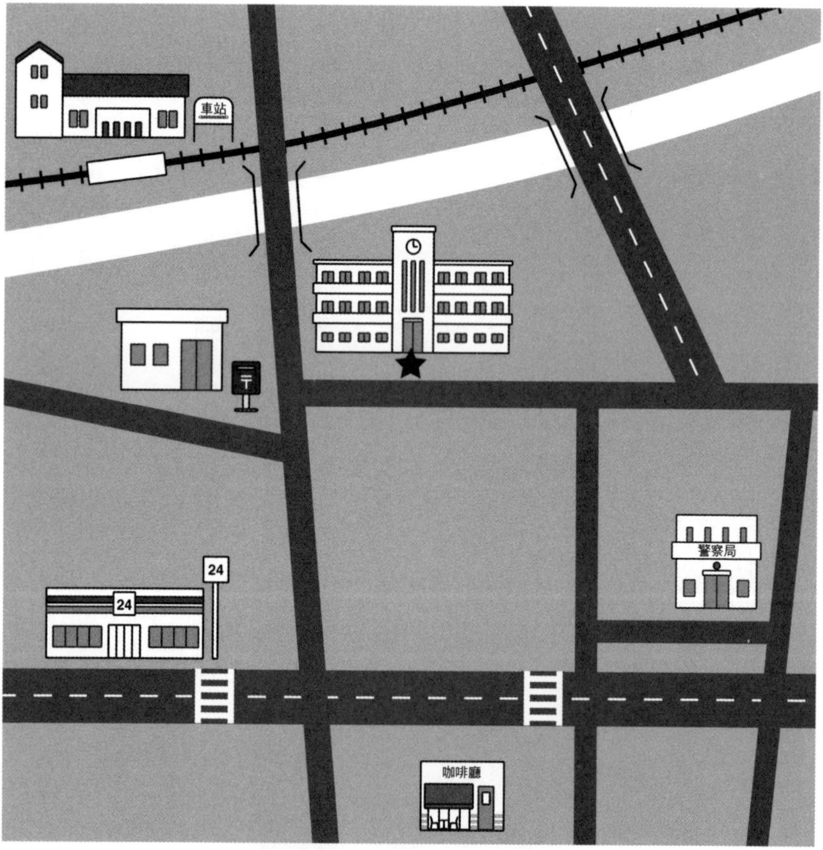

由鉛筆和有點奇怪的棒子組成的三個三角形。

雖然有點不太好看，但好像也不是什麼太特別的海報。

只是，有些奇怪的地方。怪怪的，讓我無法不注意。

為什麼要大費周章地製作一張海報來發布這樣的公告呢？

特地在學校張貼如何到達學校的地圖，有什麼意義？

好奇怪。

我盯著海報看。

雖然有點神奇，但我覺得自己現在像是被這張海報召喚一樣。

「喂！快點來吧，誠志郎。」

稍微走在我前面的一個朋友忽然來找我。

但我總覺得就是不能現在說出來，雖然沒有什麼根據，但現在就是有這種感覺。

我也不知道為什麼，因為這張海報似乎強烈地向我傳達某些東西。

「等一下我就會跟上去，你先走吧。」

我交叉著雙臂，盯著海報看。

朋友似乎說了些什麼，但完全沒有傳達到專心看著海報的我耳裡，朋友一臉傻眼地，趕緊往體育館走去。

好吧，可能真的會變傻眼的吧。開學典禮即將開始的現在，我卻盯著這張海報直看。但是我爸爸曾經告訴我：

「覺得怪怪的，**就是大腦傳遞給你的某種訊息。讓大腦運作起來。**」

我覺得這句話或許就是這個意思吧，所以，我現在要採取行動了。

這張海報哪裡吸引我了呢？

我不斷地問自己。

這樣講可能有點奇怪，不過我的心現在就像是在做數學運算時那樣興奮不已。

標題？說明文字？鉛筆三角形？還是地圖？

不。這不是一個一個的單一物品。而是所有物品表示著一種、一種……

一想到這裡，我的腦中就如同被雷擊一樣，湧現計算時的靈感。

說明文字中的粗體字……不，不只是這個，這張海報貼在這裡……！

3 前往令人憧憬的地方

只讀海報上寫著的粗體字，就會浮現題目了。

發現的瞬間，剛剛還鬱悶的心情彷彿被風吹散了一樣。

這就是為什麼數學這個科目有趣的地方，當你找出困難問題的答案時的那種快樂感受，甚至產生一種想要打敗出題者的想法。

問題的答案指向城鎮地圖上的某一處。

二丁目的咖啡館前的道路，距離學校步行約十分鐘的地方。

這兩個地方出現這樣的圖形「★」是什麼意思呢？

對於這道問題的答案，我在腦中不斷地思考著。

該不會是……我如此想著。可是已經沒有時間了。

集合時間是「九點半」嗎？

解說

開學典禮指南

請**帶**著**鉛筆**和筆記本，於九點**三**十分**移動**到本館集合，聽講座。忘記帶的人請**再**向其他人商借，並試著與新朋友交流**組**隊。**五**十分準時結束。接著，往**正**確的走廊**三角**錐集中處移動，進入新教室。

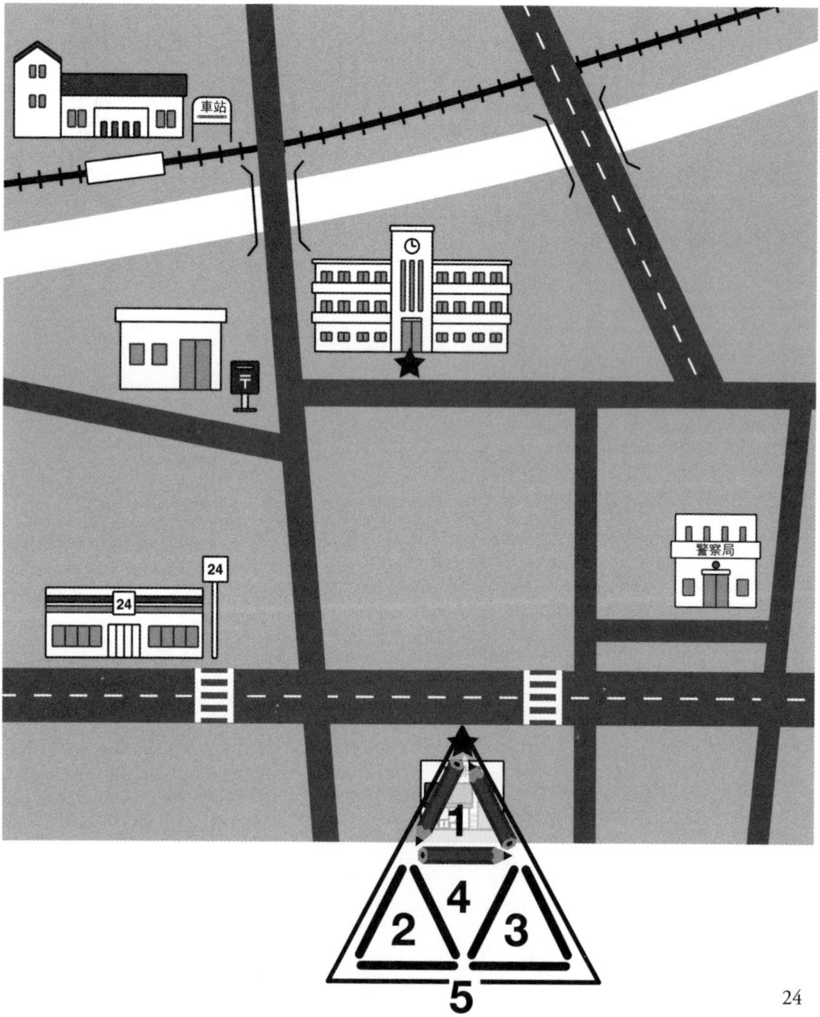

我看了一眼教職員室的時鐘，現在跑過去的話，時間很緊迫，但我的腳卻自動踏了出去。

翹掉開學典禮可能會被罵吧，明天開始就要到新班級上課了。

但是如果現在錯過，可能就不會再有下一次機會了。

我快速穿過校門，雙腳踏到地面，急忙前往地圖上標示的答案所在位置。

轉彎，穿過人行道，揚起一陣灰塵，我不斷奔跑。

雖然氣喘吁吁地很痛苦，但我還是盡全力跑著。

我就這樣不斷跑，才終於到達，就在我喘著氣，雙膝著地的時候……

「啊，天音……」

咖啡館前的路上，站著那個稍早之前碰到的女孩。

她自在地站在那裡，黑髮因為駛過的汽車揚起的微風，飄曳著。

「橫山……嗎？誠志郎？」

天音把頭髮別到耳後，朝我這裡轉了過來，一臉驚訝。

「該不會天音也解開海報上的問題了吧？果然……」

「我在遇到誠志郎之前，一眼就看出那是道數學題目了。」

「……一眼就看出？」

果然很厲害啊！即便是我看到問題，都要在腦中稍微思考一下才能解開……不對，等一下，她之前的確說過。

我那時候說等升上五年級後可以聊天，可是那時候她對我說，我們可能不會在同一個班級。

那是否就是指，自己打算到另一所學校就讀？

所以，天音現在在這個地方的意思是……

「那個……天音。這果然是……」

「也許正如誠志郎所想的那樣吧。如果在這裡等的話……」

「在這裡等的話？」

「……抱歉。提前講出答案，是我的壞習慣。」

「沒有這回事啦。我覺得這樣很厲害……」

「謝謝。可是——我想我們好像沒有時間聊天了呢。」

天音打斷我的話，看著道路前方。

我追隨著她的視線，馬上就知道她在看些什麼。

道路對面的遠處出現了……

一輛大型黑色霧面巴士。沒有任何圖案，也沒有寫任何文字，就只有黑色外殼。

那輛神祕的巴士就停在我們面前……停在海報問題答案所指示的地點時，發出了洩出氣體的聲音，打開了車門。

沒有任何指示，就只是把車門開著。

——這是什麼……？可以搭嗎？

太奇怪了。我心想一定有什麼，只不過我不知道就是了。

「喂，天音……」

我看著天音。正想跟她討論，但是……

「你不上車嗎？」

天音已經踏上了巴士的階梯，一點都不擔心的樣子。

「等等我，我也要去。」

當我上車時，車上已經坐了一些人，差不多都跟我同年。有的人在睡覺，也有人戴著耳機聽著音樂。

我緊張地在天音旁邊的位置坐了下來，巴士就出發了。

我就這樣任由巴士搖晃著我的身體，目光則在車內四處移動，車內卻一片安靜。

接著，巴士在多個地點停下來，繼續接著其他孩子。

等到孩子們慢慢坐滿座位時，我看向窗外，發現外面的景色也漸漸變得熟悉。這個地方我到現在仍然記憶猶新……

我在今天早上才在這一帶仔細調查過，絕對不會錯的。

正當我心臟噗嗵噗嗵跳的時候，公車停在了高聳的大門前。

我坐在座位上，屏住呼吸，看著前方。

接著巴士前方的金屬門打開了，嘰嘰嘰……金屬門發出沉重的聲響，緩緩地打開。

大門終於打開，門的前方是我爸爸的母校。數知學園的大樓……

好棒……太棒了太棒了！

那張海報！！一定就是數知學園的入學考試吧！

我爸爸告訴我，覺得怪怪的，就要讓大腦運作起來。果然是對的。

「這樣，我肯定能進入數知學園……」

一下巴士，柔和的陽光輕撫著我的臉頰。

在這裡，或許總有一天就能夠解決爸爸留下來的問題吧。

想到這裡，我把手扶在學校圍牆上，抬頭望向如高塔般聳立的數知學園。

◇◆◇

搭巴士前來的所有學生們，搭著一台巨型電梯，被帶往位於學校四樓的體育館。

看起來這裡的開學典禮就要開始了，最好可以快點結束。

當我到達體育館所在的樓層時，已經排起了長長的隊伍。

我照著校方遞給我的資料排隊，發現排在前面的人正是天音。

同一排就表示我們也是同一班嗎？如果是這樣的話，我就放心了，而且也很開心。
當我看向隊伍時，看到有些人穿著便服，也有些人穿著某些學校的校服。
好像等到開學典禮結束後，會跟家長聯絡，等得到入學許可，就會把學校制服發下來。
一想到自己的夢想可以實現，我的心就不禁開始狂跳了起來……
「首先，恭喜各位通過考試。」
站在台上的是一名棕髮男學生。
他有著一雙溫柔的眼睛，並帶著柔和的表情。
「嗯，新同學們。你們看到我，可能會想我是誰？很高興見到大家。我是小學部的學生會長，名字叫朝月春歌。請各位記下來。」
他燦爛地笑著。
但是為什麼是學生會長？有這種事嗎？一般不是校長出來講話嗎？
我的心中閃過一絲疑惑。
朝月學長……嗎？他沒有繼續理會一臉困惑的新生，繼續說道：

「現在，就如各位所知，今年的入學考試就隱藏在各所學校的海報中。這是一個考驗注意力和想像力的問題。只是，從進入我們學校開始，那樣的數學只能算是雕蟲小技。從現在開始，會要求各位解開更困難的題目。」

朝月學長環視大家後，繼續說道：

「這是因為算術這門知識最終之所以會更名為數學，成為這個世界基本原理的緣故。即使在最嚴苛的競賽中，數學公式也經常是決定勝負的關鍵。也正因為我們的畢業生掌握了以數學為基礎的算術技能，所以他們在世界上才會如此耀眼。」

這番話讓我有點高興。

因為數學受到讚揚，就好像是喜歡數學的我也受到讚揚一樣。

因為畢竟學習「世界基本原理」的基礎知識本身，就是一件很特別的事情呀。能夠在像數知學園這樣高水準的地方學習，肯定會很有趣呢。

「接著……」

朝月學長繼續他的演講。

「為什麼我們的畢業生能夠掌握數學能力呢？這都要歸功於這所學校的『數知戰』。數知戰是一種數學實力的競賽，並以此來爭奪積分的一種制度，而每個新生則會由學生會贈予一〇〇〇〇點當作慶祝入學的禮物。」

數知戰。我當然知道這件事。當聽到這些話時，我的內心非常激動，心臟怦怦直跳著。

因為數知戰這個制度正是我爸爸發明的。

這是一種突破性的制度，可以讓人們在享受遊戲般樂趣的同時，也能提高數學能力。

光是想到和這些數學菁英們一起參加數知戰，就讓我內心澎湃不已……

只不過……啊？朝月學長剛剛提到爭奪積分嗎？

這件事我倒是從來沒聽爸爸說過……

「數知戰的規則雖然複雜，但也可以說很簡單。」

朝月學長沒有理會我們的疑惑，再次微笑著。

「題目是由戰桌的ＡＩ公平出題，規則可以在觸控螢幕上自由設定，可以進行最多三對三的團體戰，最低程度，也就是至少必須押出的積分則是五〇〇〇點。但是，如果你手上沒有任何積分……也就是〇點，你也可以參加比賽。好吧，我其實是不會跟沒有任何積分的人交談的。」

我睜大眼睛，抬頭看著朝月學長。其他人也是。

「等級由高至低分為S、A、B、Q四個等級。S代表學生會，高等級學生A是五萬點以上，大部分學生則為B，〇點的那些傢伙則是等級Q。等級Q的人會被禁止使用許多設施，而且如果違反了較高等級者的規定，父母就會被要求支付巨額罰款。」

——什麼？

「簡單來說，就是被差遣。人生本來就是適者生存嘛。」

什麼？

「強者必須凌駕於弱者之上。這裡是一個可以同時學習人生勝利智慧以及數學知識的地方。所以多競爭，多耍點花招，以達到等級A為目標吧。現在在社會上打滾的數知學園畢業生們也都是這樣走過來的。」

蛤？

也就是說，如果在數知戰輸了的話，點數就會被奪走，如果押上許多點數卻沒有獲勝的話，就會失去所有投注的點數嗎？

蛤？那麼如果點數變成〇的話，就會被差遣使喚嗎？

就在我對這樣的宣告感到難以置信的同時，朝月學長的臉色突然變了。

「如果想脫穎而出，就搶奪吧！把別人的未來搶過來！」

數知戰規則

✱題目將由校內安裝的戰桌裡安裝的AI公平出題。

✱學生可以在比賽開始時，透過戰桌的螢幕自行設定規則。
（在雙方同意的前提下，可以在戰鬥中更改規則。）

▼可以設定的項目如下：

【對戰人數】

二～六名

※最多可以選擇三對三的團體戰。

※比賽者可以自由選擇固定對手或是交換。

【勝利條件】

可以自由選擇一戰勝／二戰勝／三戰勝。

【戰桌積分】

最低設定押五〇〇〇點。

但是若積分低於五〇〇〇點時，透過救援機制，可將手上所有積分全都押注來參加數知戰。

⚠ 請注意，根據擁有的總點數將會使學籍內的等級產生變動。
請同學們用心參予比賽。

【學籍等級】

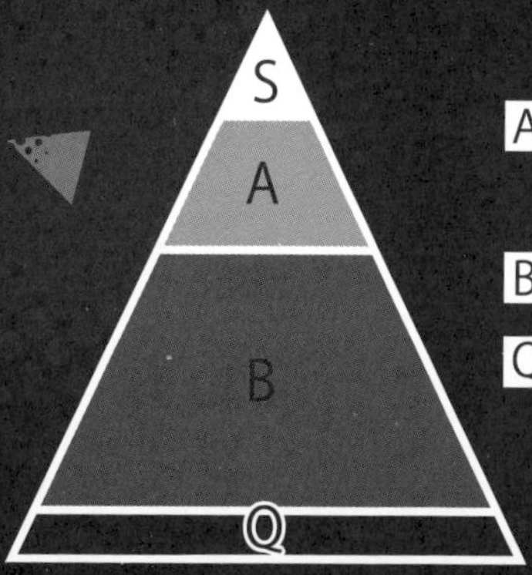

S 學校排名前七名的學生。這些學生將獲得等級A級以上的特殊待遇，以及擁有舉辦強制數知戰的權利，並獲得學生會幹部的榮譽。

A 五〇〇〇〇點以上的學生。將給予校內設施優先使用權等優惠待遇。

B 一至四九九九九分的學生。

Q 〇點的學生。會擔任被全校學生差遣的打雜角色，如果不服從較高等級學生的要求，家長將被處以支付大筆罰款作為懲罰。

4 數知戰的理想與現實

我爸爸是一名世界知名的數學家。

即使從數知學園畢業後，仍然繼續出國學習數學，並獲得許多獎項。

是一個很善良、聰明，而且很為他人著想的爸爸。

「把數學的樂趣帶給日本的孩子吧！」他還提出了數知戰的想法。

我當時聽到的比賽規則是，積分只是一種單純獲得的點數，即使輸掉了數知戰，如果答案或想法是正確的，比賽機制也會給予點數當作獎勵。

即使累積了許多積分也不會有什麼特別的好處，但你的才能將會被全世界所認可。受到知名學校及企業的注意，站在成功的位置上。積分低的人則會作為老師之後評分的依據。

如此一來，透過這種方式，數知學園讓許多有才華的人受到關注，同時也讓那些不擅長數學的人得到良好的學習機會，可以說是數學教育的最高典範。

然而，在改革數知學園的機制時，爸爸卻發生了意外。
也許正是這個原因，數知戰才會變成現在這樣，我進入數知學園後有這種感受。
這裡無論怎麼看，都不是一所可以讓人享受數學樂趣的學校。
只不過是一所利用數學來支配他人的地方罷了。
這不是我嚮往的學校……

◇◆◇

直到我穿上了數知學園的制服之前，一切都和我夢想的一模一樣。
只是我發現「你的夢想，一定會閃閃發亮！」的口號，只不過是學校向大眾營造的虛假形象。
當然，這裡的上課水準很高，的確如同我的期待一般。尤其是數學課時，感覺自己就處在一種明亮的氣氛當中，我覺得自己所有腦細胞都在開心地顫抖著。……但問題，還是數知戰。
一開始，每個人都因為感到害怕而避免戰鬥。
然而，班上的人卻看到六年級學長讓降到等級Q的人（學生會長稱為「奴僕」階級）替他背書包，並做各種雜事。

那個開關一旦被觸擊，就一發不可收拾。

這個機制很棘手，因為弱點會如影隨形。

開學後一個月，數知戰終於也輪到我們五年一班了。

一開始還不是那麼認真，但漸漸變成真正的競爭，也有人輸了之後哭了出來。

如果贏了，就可以奪取對方的積分並獲得權力；如果輸了，點數就會被奪走並且遭受不好的對待。……這樣的數知戰不是為了快樂學習的數學競爭。

除此之外，還有更複雜的情況。

「喂，橫山，你有在聽嗎？」

聽到有人叫我，我才回過神來，忽然一個乾淨、寬闊的走廊吸引我的目光。

我急忙轉過頭，出聲叫我的是自然科委員會的青坂櫻。

我當時在發呆，因為自然科老師的交代，我們來搬運自然課要使用的教具。

小櫻無法自己一個人搬，所以讓擔任值日生的我來幫忙她。

「還好嗎？在走廊發呆的話是很危險的。」

「嗯，抱歉。忽然想起某件事。妳剛剛說什麼？」

我回過神來，對小櫻笑了笑。

小櫻是個有著一頭短髮、眼神溫柔的女孩。以前同一所小學的同學都叫她小櫻，所以大家也跟著叫她小櫻。

「吼！好好聽我說話嘛！我是說，自從來到數知學園後，我的朋友都變了。」

「啊，是啊。是杏理吧？妳們從幼稚園就同班，還一起升上同一所小學。」

「是啊，赤井杏理。你說對了。雖然我不知道海報上的問題，但我是跟著杏理一起，才能進入這所學校讀書的。」

小櫻雙手抱著許多細細長長的教具，像個調皮的孩子般伸了伸舌頭。

順帶一提，杏理也是我們的同班同學，是個總是綁著雙馬尾，一臉強勢的女生。

「杏理曾經參加過一次數知戰，對吧？那次只是打算玩玩看。」

小櫻輕輕地點了點頭。

「結果輸了，被拿走了五〇〇〇點，似乎很介意的樣子。聽說原本只是打算玩玩看，但最後變成不是用玩玩看的心情。從那次之後就變得非常害怕，因為她不想掉到等級Q。」

「聽完朝月學長說的話，我覺得好可怕喔。我覺得沒有人找我玩數知戰，也沒有關係！」

「我也這麼認為。」

小櫻又看了我一眼。

「聽說也有些人拒絕進行數知戰，因為害怕……」

「數知戰並不是好遊戲啊……」

我若有所思地摸了摸電梯面板。

我知道那並不好，但也無能為力。

因為在這所學校，認為數知戰不好的人並不多。

「話說回來，你之前曾經說過數知戰是你爸爸研究出來的制度對吧？」

「是啊。直到某個時期為止。」

我走進電梯，按下了我們教室所在地的十四樓按鈕。

電梯裡只有我們兩個人。

在學校裡，完全無法放鬆警惕，有其他人在場時，是無法盡情說話的。

「爸爸試著讓人們瞭解數學的樂趣，就像運動一樣。積分制度不僅比較容易理解，老師們也能幫助程度較低的學生。但是現在的數知戰也太奇怪了。那不是我爸爸的目的，是有人改變了它的機制。」

「是誰啊？」

「我不知道。但肯定有人讓機制變得那麼糟。」

話說完的同時，十四樓也差不多到了，我再度恢復沉默。

門一開，就撞見了我們班的兩個人。

是剃著光頭的阿原和戴著方形眼鏡的伊東，他們從開學典禮那時就成為好朋友。

「喂！」

剃著光頭的阿原口氣不好地對伊東叫著：

「給我上課前去買喔！我忘記帶三角尺了。」

「嗯、嗯……」

伊東君一臉寂寞地從我們身邊經過，往樓梯的方向走去。

大概要去福利社吧，但為什麼不搭電梯呢？這究竟……

「阿原，你為什麼不自己去買？福利社並不遠呀！」

我等被使喚去買三角尺的伊東走遠後問道。

「嗯？因為我贏了數知戰啊，那傢伙現在的積分已經是零了喔，他是等級Q。」

——原來如此……等級Q的學生不能使用電梯。

「你們兩個是朋友吧？為什麼要這樣……？」

「朋友？」

阿原撇嘴笑了笑。

「如果你一直這樣想，能在這裡生存下去嗎？想在這所學校過好日子，就要把朋友變成積分才行啦。學生會長不是這樣說過嗎？」

他雙手插進口袋，大笑著走回教室。

我看著他的背影，腦中閃過兩人曾是好朋友的畫面。

怎麼都不像是會那樣大笑著、使喚自己朋友的那個人啊⋯⋯

不，不只是他們兩個。自從開學以來，這樣的場景我已經看過很多次了。

「嗯，小櫻。杏理所害怕的，就是這種情況吧。」

我拿著教具，盯著阿原的背影。

「我不認為這是我爸爸期待的數知戰。他希望人們理解學習數學樂趣的方式，才不是這樣子的！」

「⋯⋯」

小櫻沉默不語，低下頭。

而且我認為現在的數知戰機制，已經被嚴重玷汙了。

對數知戰的嚮往與興趣，現在卻變成這個模樣。我原本抱著紙箱的手不知不覺用力了起來。

「⋯⋯快點，走吧？」

小櫻眉毛皺成八字形，困惑地笑著。

我相信她一定也明白，這個數知戰絕對是錯的。

我們就這樣直奔自己的教室。

抱著教具，帶著深深的無助感。

5 剝奪未來

一走進乾淨、潔白的教室，我就看到天音站在講台前。

盯著剛進教室的我和小櫻。

還是下課時間，大家都在看書、看課本，做自己想做的事。

「怎麼了？天音。為什麼站在這裡？」

我一口氣把教具放在講台上，拍了拍自己的手。

「……今天我也是值日生。如果有工作要幫忙，希望也能告訴我。」

「啊，因為要搬自然科教具。所以我才想只要我和自然科委員小櫻就行了……」

「謝謝你的貼心。但我也有同樣的想法，所以如果我們不做相同的工作，那就太不公平了。我們是同學吧。」

天音說話的時候，總是面無表情。

她從紙箱拿出我們搬來的教具，開始熟練地擺放在老師的教桌上。但是，我卻被她說的話嚇了一跳，忍不住盯著她看。

「怎麼了？一起擺吧。」

「呃，啊，好啊！」

我連忙開始動手把上課用的教具擺放在老師的講台上。儘管被她警告了，但我也有種得到救贖的感覺。

這裡有嘲笑自己好朋友的人，但也有像天音這樣努力維護公平正義的人。

一想到這裡，我的心裡彷彿有一道光，亮了起來。

「下次有事要幫忙的話，一定要告訴我。」

天音沒有看我，一邊動著雙手一邊說道。

我為自己的錯誤道了歉，然後和小櫻、天音三個人一起準備教具。

——和天音成為同學，已經一個月了。

我們總是一起當值日生，偶爾我也會觀察她，也發現了一些事情。

首先，她不喜歡任何引人注目的行為。

即使開學典禮前，我們相遇那天聊過關於數學的事情，但內心裡還是會想問問，我們彼此應該不是敵對的關係吧，想稍微證實自己的感受。

天音可能在數學方面遇到過不愉快的經歷吧。

如果是個天才，有人可能會因此而獲得一些好處，但也許會有人因此而變得討厭數學。

我想這可能就是天音來數知學園上學的原因。這所學校聚集了擅長數學的人們，所以可以默默地全心投入最喜歡的數學。

但現在出現了另一個問題，那就是數知戰。

當然天音的數學能力很高，但這並不表示她可以持續獲勝。如果過分出色，便可能受到其他人嫉妒，那就會承受到與過去截然不同的攻擊。

大概就是這個原因，即使進入數知學園，天音也沒有試圖引人注意。

即使老師在課堂上問問題，她也會回答：「我不知道。」甚至沒有結交好朋友。

這樣的學生不只有天音，我們班上大多數人都這樣。

這種情況……真的很奇怪。

「那個……」

天音準備回到座位上，我向她喊道。她轉頭看我，一臉疑惑。

「呃，天音……妳不參加數知戰嗎？」

「不要喔。」

她毫不猶豫地回答。

她一臉堅定地回答我，我可以感覺到她內心隱藏的強烈堅持。

「呃……呃……所以，是因為這會讓妳被注意到嗎？」

「這的確是原因之一。」

「原因之一？」

「我完全不參加的原因大概和誠志郎一樣，因為我不喜歡現在這樣。」

天音完成了工作，走回自己的座位。雖然她的個子比我小，但看起來卻像個大人般高大。信念不會動搖。她一直給我這種感覺。

「真了不起。」

身後傳來小櫻的說話聲。我點了點頭。

天音在教室裡總是以一種「請勿打擾」的態度，把自己與其他人阻隔開來，但我想下次我會嘗試和她聊天。

她聰明、善良，而且擁有我所沒有的特質。我想成為她的朋友。

◇◆◇

數知學園裡，所有科目都有專任老師。

數學科有數學老師；自然科有自然老師。

每個班級也會有導師，不過感覺起來沒什麼存在感呢。

而今天第四節是自然課。因為我幫忙搬教具，所以有點好奇……這些教具在課堂上會如何使用。

「那麼……」

講台另一側站著一位頭髮花白的瘦弱自然老師

他推了推眼鏡，環視了我們後，說道：

「今天我們開始上課之前，學生會向所有學生發送一封電子郵件。請大家把注意力轉向手邊的平板電腦。」

「上課之前？」

在一陣騷動的教室裡，我也不禁咕噥著。因為，這不是很奇怪嗎？

就連校長主持的全校集會，也是在課前舉行。

學生會打斷上課時間……但想想，開學典禮也是同樣的狀況。

我還是第一次見到權力那麼大的學生會。

（寫些什麼？）

我偷偷地對坐在我旁邊的天音說。

（我不知道……，但是……看來果然不是一個正常的學生會呢，明明可以直接用電子郵件聯絡學校裡所有的學生就好了，卻要刻意打斷上課時間。）

（妳的意思是刻意占用上課時間？）

（也許用這封信來表達自己比老師更有權力，尤其是針對我們新學生宣示。）

比老師更有權力？怎麼可能！不對，開學典禮的時候，朝月學長也……

「好的，請立起平板電腦，我們開始操作囉。」

在老師的指示下，大家拉開後面的支架，將平板電腦立在課桌上。然後中間接著出現了「連線中」的文字，我們等待著。

不知道要轉達什麼訊息？我屏住呼吸，盯著螢幕。

大約只等了十秒鐘吧。

教室裡一片安靜，接著螢幕裡出現一張華麗的黑色大桌子。

桌子的另一邊出現一名棕色頭髮的男生，連帽衫的帽子從制服裡往外垂下來，手肘靠在桌子上，俯視著鏡頭。

「啊，已經連線了嗎？」

這個目光銳利的男生轉向鏡頭，開始大聲清了清喉嚨。

「啊，開始了嗎。——嗯，我叫進藤京介。我是學生會的七號，今天有些事情要傳達給各位知道，所以打斷上課，舉辦這場直播。」

七號……？

不，我記得之前的確提過這件事。

這所學校沒有學生會選舉，而是由積分最高的學生，直接成為學生會成員。

學生會是由排行前七名的學生所組成，也以排名由上至下開始編學號。

這麼說，這個人是全校前七名的學生之一……？

「那個啊，我……不，不只我一個人呢。整個學生會都認為現在這所學校的情況很糟呢。你們知道為什麼嗎？不知道吧。」

進藤學長繼續用一種非常自以為是的語氣，說著學生會的不滿。

「我們啊，對你們竭盡所能地避免數知戰的情況感到不滿，尤其是新入學的五年級生，我自己在五年級的時候，開學第一天就把五個人降到等級Q。」

這個人……，我聽到他說的話後，心情沉了下來。

（天音，這該不會是……？）

（……他在煽動數知戰吧……）

「我想懂的傢伙都知道我在說什麼吧。」

進藤學長就這樣繼續說道：

「我們是因數知戰而成名的知名學校，而將這個數知戰從交朋友的愚蠢遊戲變成現在這樣激動人心的戰鬥的，正是學生會的學長姐們。」

（學生會將數知戰……）

我倒抽了一口氣。仔細一想，這的確是顯而易見的。當我看向旁邊時，天音也一樣臉色難看地看著我。

學生會是由在數知戰中獲得積分的頂尖成員組成。

換句話說，那些人的地位是透過數知戰而獲得的。數知戰越流行，他們就會獲得更大的權力，並且地位也會更穩固吧。

「這對你們來說，也不是一件壞事。」

進藤學長在螢幕上，露出燦爛的笑容。像是在鼓吹一種惡劣的遊戲般，令人感到不舒服。

「你們想想看，如果贏了數知戰，就會產生很多等級Q學生，那該有多棒呀，這樣的校園生活簡直跟天堂一樣。」

（到底在胡說什麼啊……）

天音咬牙切齒地低聲說道，我也有同樣的感覺。

「大家動起來！這堂課結束後的午休，就開始進行數知戰吧！可以跟好朋友或是鄰座的同學，任何人都行。將他們降到等級Q，並盡情地使喚他們。等級Q的人的行動將被限制。家長必須支付罰款，所以不能跟高等級作對。」

進藤學長深吸了一口氣，用手指彈了彈黑

色桌子。

「學生會長應該說過，把別人的未來搶過來！」

6 真正的敵人是誰？

下課後，就是午休時間了。

吃完學校的營養午餐後，仍然感到疲倦的我，走到洗手間洗臉。

位於走廊角落的洗手區，裝設著很時髦的轉動式水龍頭，流水粼粼，但我的心卻沒有因為洗了臉而變得清爽一點。

自從聽了進藤學長的話後，我內心充滿苦澀。

無論如何，我都無法接受。

學生會……

是那些人把數知戰變成如此亂七八糟的機制。

最高等級的那個人，該不會是開學典禮上看到的那個朝月春歌學長吧？

那些人們絕對是我的敵人。

我內心厭惡地握緊雙手，但隨後又鬆開來，並嘆了一口氣。

雖然不甘心，卻也無能為力……他們甚至可以影響這所學校的課程進行，而我還只是一個沒參加過數知戰的新生。

無能為力……

我再次嘆了口氣，轉頭看向位於走廊那一頭的教室。

然後……好奇怪。那裡有一群人。

我從窗戶看過去，那裡吵吵鬧鬧的，看起來像是在嘲笑些什麼……該不會！

我小跑步前往教室，往走廊周圍的那群人看了一眼。

馬上就知道吵吵鬧鬧的原因了，就在黑板前。

原本講台的所在地，從地板上升起……

「**戰……戰桌！**」

只要數知戰開始，戰桌就會從地面上升起，競賽的雙方就會面對面坐在桌子兩側。

戰桌呈長方形，大約有乒乓球桌大小，每個長邊上都分別準備著三個屬於玩家的盒子，對手彼此相對著，也各自為他們準備了螢幕。

桌子的對角線上也分別有一道拱門，拱門上懸掛著螢幕，方便觀眾隨時瞭解競賽狀況。

當數知戰開始時，戰桌就像是在進行一場表演一樣，大家情緒高昂，湊熱鬧的人的叫囂聲此起彼落。

看起來就像遊樂場裡的大型遊樂機台一樣，這也表示……

『第一場比賽，勝負已定！』

ＡＩ的聲音從戰桌傳了出來，圍觀的人們爆出一陣歡呼。

小櫻低著頭坐在戰桌前，我正要看對手是誰時……

「杏理……！」

但是杏理和小櫻剛開學時是好朋友，剛剛小櫻還很擔心杏理……

「哇哈哈哈哈哈哈！」

正當我這麼想著的時候，突然聽到杏理大笑的聲音。

從她雙馬尾瘋狂擺動的樣子來看，完全看不出過去她和小櫻一起歡笑的樣子。她像是一頭熊般瞪大雙眼，俯視著低著頭的小櫻。

明明剛開學的時候，還是小櫻的好朋友，兩個人相處融洽……

「啊，太好了，小櫻！我跟妳進行數知戰的決定是對的！因為妳就是不擅長數學的傢伙啊！太好了，這樣我就安心了。我至少拿到了五〇〇〇點了！」

「杏理……」

小櫻難過地抬頭看著杏理。

「即使妳擺出這樣的表情，這次的數知戰我也會先贏三場，因為剩下兩場我也會勝利，這樣我的排名就不會掉下去了，肯定會這樣。」

杏理雙手交叉，嘴唇上揚。

「如果妳退出比賽，我就會告訴我爸爸，叫他取消公司的交易。妳不可能退出，對吧？為了妳的家人。」

「……」

聽到這些話，小櫻再次低下頭，一臉悲傷。眼裡閃爍著淚光。

也許是杏理利用自己親人的權力當後盾，逼迫小櫻參加數知戰吧。

扭曲人性，引起爭鬥，破壞友誼。這就是數知戰可怕的地方。像這樣的制度……

「橫山？」

等我回過神來，我發現自己正走到小櫻的身邊。

一般情況下，我是不想參與其中的……但是……

「唉，你們兩個都停止吧。妳們是好朋友吧？」

「突然出現，在說什麼啊？——你是？叫橫山嗎？」

桌子對面的杏理不屑地噘起嘴。

「你搞不清楚狀況吧？這是一場認真的積分賽，即使說小櫻因為處於劣勢而要求結束比賽，也根本是不合理的。」

「但是，小櫻是妳的好朋友吧？這樣不太好吧。」

我鼓起僅存的勇氣，對杏理說道。

「橫山，你好煩。即使叫我停下來，我也不會停的。因為這對我來說，是學校生活中很重要的

比賽！」

「好吧，那麼，那麼……」

我看著杏理，幾乎無意識地說了這句話。

正常情況下，我不會說這樣的話，我光是看到爭吵，就會感到害怕。

但是，我體內的某些東西對自己說，難道剛剛對數知戰的氣憤都是假的嗎？。

我才不是想做個好孩子，而是不想丟臉而已。我不想有別的雜質進入數知戰中，所以……

「我……我會代替小櫻……這樣的話……應該沒問題吧？」

「橫山？為什麼？」

小櫻驚訝地看著我。

「因為……這樣太奇怪了！不好玩！」

當我加強語氣，覺得自己獲得了動力，就好像打開了碳酸飲料的蓋子一樣，突然間，內心累積的話語，開始紛紛湧現。

「不只是我。這裡似乎不是每個人都能從數知戰中獲得樂趣。就算如願從別人身上奪得積分，如果失去樂趣，那不也沒有意義嗎？數學的樂趣，不是現在這樣的，而是更單純的東西。」

我脫口而出爸爸曾經說過的這句話。

單純……單純是嗎？

即使在這樣的時刻，我忽然發現自己已經找到了父親留下的問題的答案了。

是的。數學必須單純而有趣。

但是，現在的數知戰已經不再單純了，混入了太多不必要的東西。

我之所以不喜歡數知戰，並不是因為正義感、正確性或什麼冠冕堂皇的理由，就只是這樣，只是這樣而已……

「橫山……」

小櫻擔心地看著我，可能表情都因此僵住了吧。

「嗯，我沒問題的喔。我的數學不差，所以我可以的。」

「對不起、對不起……我不像橫山那麼堅強……」

小櫻用手摀住臉，哭了起來。我也不堅強，甚至可以說是膽小鬼。

我只是像玩具被搶走一樣，感到憤怒，如此而已，因為數學對我來說非常重要，也許也有其他人有一樣的感受。

「杏理也可以接受吧？讓我跟小櫻交換，跟妳進行數知戰。」

「決定的人是我，不是橫山喔……順便問一下，你前幾天的小考成績是幾分？」

「八十分。」

「……如果是這個分數，那我對交換是沒有意見啦。但是，這樣對我來說，好像也沒什麼好處呢。」

「開學典禮時，學生會給我的一〇〇〇〇點積分，我都還沒用掉，杏理剛剛得到了五〇〇〇點，這樣跟我的點數是一樣的……」

「我要你的所有積分，這樣我就答應你交替比賽對手。」

「全部……」

也就是說，如果我輸了，就會一口氣掉到等級Q。但是……

我看了小櫻一眼，她眼眶含淚、悲傷地看著杏理。

我不擅長競爭，也討厭競爭。但我更討厭這個無情數知戰毀了大家的友誼。

「……我知道了。我就押一〇〇〇〇點。」

「成交。」

杏理咧嘴一笑。

周圍的觀眾席上大笑、鼓掌、吹著口哨，騷動著。

「加油啊！杏理！」

「如果你的積分都用完了，就掉到等級Q了！」

就像是要用壓力壓垮我般，周圍的人們對我不斷嘲笑著。

雖然沒有運動，但我仍然覺得氣喘吁吁，終於坐到戰桌前。

這裡的每個人都開始瘋狂著，數知戰已經變成奇怪的機制了。

雖然心裡覺得很可怕，但我知道自己不能輸，一定要讓杏理知道她這樣做是不對的。

這是我自己下的決定，——放馬過來吧。

我下定決心，鼓起勇氣抬頭看。

我看到小櫻一臉擔心地望著我，而天音則在教室的邊緣盯著我看，臉上毫無表情。

我既害怕又緊張。

然而，即使在這樣的時刻，我仍然興奮並期待著解開數知戰的題目。

◇◆所持積分◆◇

排名	姓名	總積分	目前投注積分
等級B	橫山誠志郎	一〇〇〇〇	全押
等級B	青坂櫻	一〇〇〇〇	五〇〇〇
等級B	赤井杏理	五〇〇〇	全押

7 選手替換

「尼姆遊戲……？」

戰桌的螢幕上顯示出這個讓人意外的題目。

「我以為會出考試中會考的題目……」

「對這種事都一無所知的情況下就接受挑戰，還真的需要很大的勇氣呢。」

杏理在戰桌的對面，不懷好意地笑了笑。

「這可是競爭數學創造力的遊戲，如果只是考試會考的題目，那六年級一定更有優勢吧。」

「嗯……是這樣嗎？」

只是，尼姆遊戲到底是什麼樣的遊戲？

我盯著螢幕上的遊戲說明。

簡而言之，螢幕上顯示的石頭數量是由戰桌決定。

勝利條件：三戰勝

規則

螢幕上顯示出一堆石頭，玩家輪流從中取走石頭。
拿走最後一顆石頭的人就算輸家。
但每人一次最多只能取三顆，最少一顆。

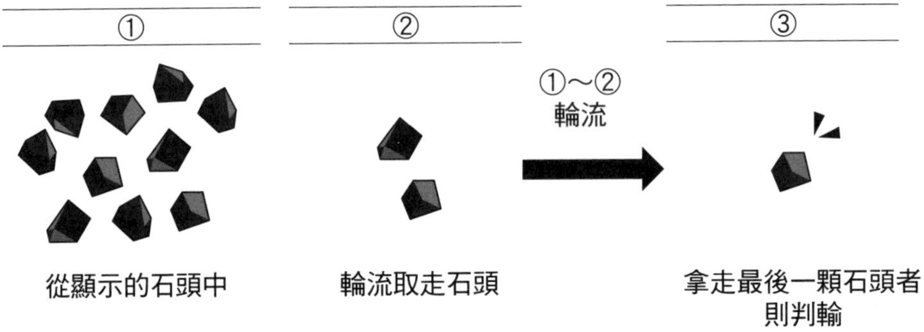
①
②
①～②
輪流
③
從顯示的石頭中
輪流取走石頭
拿走最後一顆石頭者
則判輸

玩家輪流從一堆石頭裡取走石頭，每人一次最多只能取三顆，最少一顆，拿走最後一顆石頭的人就算輸家。

數學不僅僅用於計算，還有這種像將棋般彼此拉鋸與推測對方下一步的玩法。

我忘記還有這種情況，不禁開始緊張起來，這時螢幕上顯示出二十顆石頭。

那麼，這是不是表示如果我拿到這第二十顆石頭，就輸了這局？

「我幫你先走一步。」

正當我思考如何攻擊時，聽到杏理說道。

「杏理？要先走？」

老實說，我不介意先攻還是後攻……

「先拿石頭的人就能讓對方知道怎麼進行遊戲了不是嗎？所以我幫你喔！」

「——我明白了，但是……可以幫助對手嗎？」

「這是身為強者的義務。」

杏理說完，螢幕上顯示杏理先攻。

接著，圍觀的人們開始興奮地叫囂挑釁，我看著這些興災樂禍的人們，再次緊咬著嘴唇。

本來數知戰應該是有趣的遊戲，因為設計的初衷就是快樂。

但現在卻不是這麼一回事。

如果不想辦法獲勝的話，我就會降為等級Q了……

◇ ◆ ◇

輸了。

我喘著氣看著自己的膝蓋，對自己踏出這勇敢的一步感到後悔。

想想，這裡的每個人都是解開那張海報的問題才能進入這所學校，我不是唯一一個數學好的人，倒不如說是，我在這所學校可能是再平凡也不過的人。

「這都是因為你沒有勝算，只是憑一股氣勢應戰。」

杏理從椅子上站起來，俯視著我。

手腳都沒有力氣，就像是比賽還沒開始，我就已經輸了似的。

「可是……為什麼杏理這麼強勢？強到讓人覺得她已經知道答案一樣。」

「很簡單啊，你只要拿走第二十顆石頭，我只要拿走第十九顆石頭就可以了。」

「我知道，但是……」

但我就是無法拿到第十九顆。

彷彿被某種無形的東西控制著……

「嗯，比賽是三戰勝先吧。」

杏理坐了下來，手托著下巴。

「因為小櫻已經累積一敗了，再加上這次，一共輸了兩場，再輸一場就確定敗北了，快點比一比吧。」

「呃……」

這樣下去就糟了……得趕快想點辦法……

我低下頭想著。這時我身邊出現了隨風飄揚的一頭黑色長髮。當我抬起頭時，看到有人用冰冷眼神，冷漠地俯視著我。

「天音……？」

「讓開。」

「蛤？」

「我知道怎麼玩這個遊戲。」

「這不是知不知道的問題……很危險……」

「誠志郎……」

天音用認真的眼神盯著我，非常嚇人地看著。

「呃，天音……？」

「儘管誠志郎處於劣勢，但還是勇敢面對了他認為奇怪的事情。我覺得這點很棒。我也說過現在不是坐以待斃的時候。——喂，你之前說過，和優秀的人一起算數學很有趣。是真的嗎？」

她向我提出的問題，讓我覺得自己被問的是對她來說非常非常重要的問題。或許，這就是一直不想引人注目的這個女孩內心中，隱藏已久的種種感受吧。

「當然。」

「那看著吧。**我覺得和誠志郎一起算數學應該會很好玩的。**」

對我說完後，她轉向杏理。

「妳不介意我當妳的對戰對手吧？我想代替誠志郎玩第三場。」

「可以是可以，但同樣地這也不是無條件的。如果妳剛剛有看對戰，應該知道該怎麼做吧？」

杏理撇了撇嘴，像是看到新獵物上鉤般。

「我也押一〇〇〇〇點，怎麼樣？」

「我知道這傢伙！」

有個男孩帶著嘲諷說道。

「我之前稍微偷看了她的小考分數，只考了五十分！雖然現在跳出來，但是看起來也不是個聰明的傢伙啦！」

「原來如此，我知道了。」

杏理笑了笑。

「好吧，那我就接受妳的替代請求囉。不過，妳叫星宮是嗎？妳們已經輸了兩次了，已經沒有退路了喔？之後也不能有任何抱怨！」

「我知道喔。不用對我說這種沒用的資訊。」

天音簡短地回答道，然後在我的位置坐了下來。

這種情況下，只有我知道為什麼她的小考成績這麼差？

不想引人注目。她只不過在考試中稍微放點水而已。

◇◆所持積分◆◇

排名	姓名	總積分	目前投注積分
等級B	橫山誠志郎	一〇〇〇〇	全押
等級B	星宮天音	一〇〇〇〇	全押
等級B	青坂櫻	一〇〇〇〇	五〇〇〇
等級B	赤井杏理	五〇〇〇	全押

8 必勝法

「妳知道尼姆遊戲的規則，對吧？」

杏理雙手在胸前交叉，一臉居高臨下地說道。天音一邊看著螢幕一邊回答：

「我知道，不過只有一件事……」

「——什麼？」

「在與誠志郎的對戰中，妳雖然決定先攻後攻，但我不同意妳自行決定。接下來規則改成，從公布石頭的數量開始，誰先出手拿走石頭，誰就決定先攻後攻，如何？」

天音隨口的提議。我覺得兩種應該都可以的，但是……

「妳……」

「妳很講求公平，不是嗎？還是有什麼反對的理由？」

「……還是由剪刀石頭布來決定……」

「數知戰應該是比數學思維的遊戲。剪刀石頭布和搶答，哪種對遊戲更有意義？」

天音問完後，杏理大聲地咂了咂嘴。

這個條件雖然自己討厭但又不得不答應，我覺得杏理似乎這樣想著，但是，為什麼……？

「你不明白？誠志郎。」

天音仍然面朝前方，對站在斜後方的我說著。

「……嗯。我很清楚。」

「雖然這並不好解釋，但誠志郎剛剛被愚弄了。就在決定先攻後攻的時候。」

「那個時候？我不記得了。」

那時候杏理的確說要幫我，所以選擇先攻，但是……

「這個遊戲有必勝法。」

天音所說的就是先攻後攻的策略。

這場比賽的獲勝條件，就是在剩下最後一顆石頭之前，把石頭拿光。

但獲勝是有規則的，顯示的石頭總數量若是四的倍數……也就是說四、八、十二等數字，那麼

解說

尼姆遊戲的必勝法……

必須讓對手拿到最後一顆石頭，就算自己得勝。

這個時候根據石頭的總數量，決定最開始的行動即可。

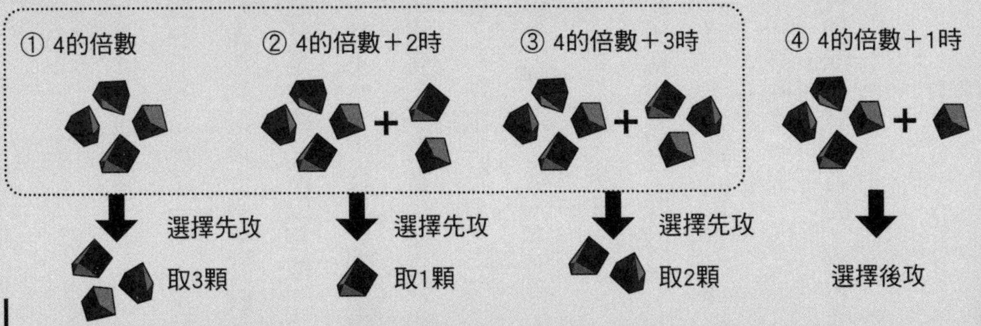

根據目前為止的選擇，全都是當所有的石頭被分成平均各4顆的情況，所以創造讓石頭數量最後變成只剩1顆的狀態吧！

如果剩下1顆石頭時，剛好輪到對方取，便能贏得競賽！

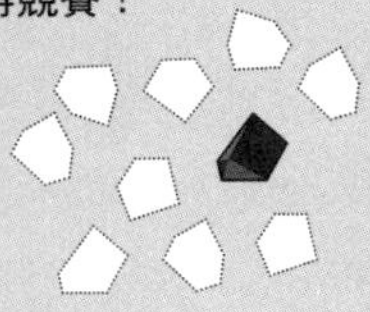

也就是對手選擇的石頭數量＋你所選擇的石頭數量＝4。

你只要照這個邏輯做選擇，最後必定會在輪到自己時，創造出拿走石頭，剩下最後一顆石頭給對手的情況！

再＋一顆的數字是後攻較有優勢，其他數字則必須先攻，才能贏得勝利。

具體來說，就是那堆石頭是四的倍數時……，例如數量十六顆，一開始取的石頭數量是三，那要總數是四的倍數＋二時，接下來拿一顆；總數是四的倍數＋三時，就拿兩顆。

接著，我拿走石頭後，對手只要直接拿走跟我湊成四顆石頭的數量，就能順利進行遊戲；後攻也是一樣的情況，因為從一開始就設定彼此拿走的石頭要湊成四顆。

這麼一來，剛剛二十顆石頭時，自己就可以決定能取走第十九顆石頭。

「……我懂了。」

我在心裡試算了一下，果然如天音所說的。

好像找到最後一張拼圖般，豁然開朗了起來。

這就是數學之所以有趣的地方……

「該不會，天音早就知道這個遊戲的玩法吧？」

「沒有，不過當小櫻是妳的對手，第一次看到規則時就知道了，我還發現妳用咄咄逼人的態度，要了一點小手段……」

聽完天音說的話，杏理咬牙切齒著。

——果然是，天才。

我不知不覺吞了吞口水，旁邊的人們也開始緊張地騷動了起來。原來就在我落入杏理布下的陷阱時，天音就已經看出獲勝的方式……

「所以呢？」

杏理坐在戰桌對面，蠻不在乎地開口說道。

「這畢竟只是競賽，耍小手段只是陷阱的一種，別記仇啊。」

「不，……我沒有記仇啦。」

我轉向杏理，搖了搖頭。

「我只是覺得這太神奇了，真讓印象人深刻。因為我也認為思考策略並讓對手落入陷阱的能力本身就是一種天賦。——不過我覺得用來欺騙別人很浪費就是了。」

「奇怪的傢伙。」

杏理哼地不屑說道，並將目光轉向螢幕。

按照剛剛的說明，選擇先攻能否獲勝，就看石頭的數量了。接著，先攻後攻取決於誰最先看到螢幕上的石頭數量，所以計算速度快的人有勝算。

石頭數量是四的倍數＋一的狀況下，是後攻。其他都是先攻。

所以必勝法就是先有選擇權的人，這已經變成非常單純的遊戲了。

『女士』

太鼓聲**咚地**一聲後，戰桌傳出一陣機械聲。

由於制定了搶答的規則，所以戰桌出現了其他聲音。

天音和杏理都盯著螢幕，一動也不動。這時圍觀的眾人都屏住氣息，一樣盯著螢幕看。

這段短短的時間感覺就像過了很久很久般。

『GO！』

戰桌上響起宣布比賽開始的聲音。

螢幕上顯示的數字是二十七！所以現在是……

『星宮先攻！』

正當我在思考的時候，戰桌宣布先攻者的姓名。

幾乎在螢幕顯示數字的同時，天音就觸碰了螢幕。真的幾乎是同時間……

「太快了……」

「那傢伙怎麼回事？」

「該不會是作弊吧？」

正當我目瞪口呆時，我聽到圍觀人們竊竊私語，當然天音本人一定也聽到了，我看向她時，她稍微低下頭。

這就是天音不想引人注目的原因，我想也是她感到害怕的原因之一吧。

雖然很喜歡數學，並且有堅不可摧的實力，但討厭讓別人因此而感到嫉妒。明明一直隱藏著自己的實力，卻因為我……

「天音。」

我不顧其他人的嘲笑，對她說道。

慢慢地，彷彿安慰她般說道：

「因為知道會發生這種情況，所以天音才不想引人注目吧。」

「……也許是這樣吧。」

天音看了我一眼。

我感到平時給人堅強感受的雙眼，此時此刻似乎夾雜著一絲不安。

「我跟他們不一樣。別擔心。」

我看著眨著眼睛，一臉疑惑的天音。

「即使不甘心也是樂趣的一部分喔。我之前就說過了吧？就算全世界都不接受天音，我也會站在妳這邊。因為這裡就有一個認為天音很了不起的人存在，那就是我。」

「……你真誇張呢！」

聽完我充滿感情的宣言，天音輕輕一笑。

可能還是太耍帥了吧。因為覺得尷尬，我的臉頰變得熱了起來。

「我相信你。謝謝。」

她如此說著，並且再次面向前方。剛剛的陰鬱表情似乎一掃而空。

◇◆所持積分◆◇

排名	姓名	總積分	目前投注積分
等級B	橫山誠志郎	一〇〇〇〇	全押
等級B	星宮天音	一〇〇〇〇	全押
等級B	青坂櫻	一〇〇〇〇	五〇〇〇
等級B	赤井杏理	五〇〇〇	全押

9　自取滅亡

「為什麼……！」

杏理抓了抓頭。雙眼布滿血絲，就像一隻被追著跑的動物。

天音在贏得第一場比賽後，又在螢幕顯示十四顆石頭時，很快地拿下了勝利。

完全毫無懸念的連勝，目前的戰績是兩勝兩敗的情況下，將比第五場。

我們只需要再贏一場就可以戰勝對方，但結果是顯而易見的。

在決定先攻後攻的搶答上，杏理不可能贏過天音的計算速度。

「如果這樣的話……」

杏理咬著牙，瞪著螢幕。

「不用猜了！反正在四戰內先取得三次先攻就一定能贏！」

「這樣做……」

聽到杏理蠻不在乎地如此說著，我對她爭取勝利的執著，感到一陣寒意。這就是害怕落到等級Q和期待著高等級校園生活的執著。我認為正是這兩件事在扭曲著杏理的內心。

「天音……」

我從斜後方出聲叫了天音。

當然我還是很信任天音。只不過再怎麼厲害，對手很糟糕也可能有意料之外的事情發生……

「誠志郎，」

天音看著我。

「你相信我，對嗎？」

「當然。」

「那我就不會輸。」

天音斬釘截鐵地表示。同時太鼓聲再度**咚地**響起。

「女士。」

戰桌上傳來一陣聲音。無論是哭是笑，這都是最後決戰，決定就在一瞬間。

我凝視著天音。我的手不知不覺緊握了起來。

過了長長的一瞬間，無法抑制的緊張感襲來，緊接著……

『GO！』

決戰之火被點燃。

加油，天音……我在心裡吶喊著，但是！

『赤井，先攻！』

在教室裡揚起的是杏理的名字。

「騙人……」

感覺就像是毫無真實感般。天音，輸了……？

我就算了。雖然害怕，但我已經做好準備。但是，我對將如此有實力的天音捲進這次的事件中，感到後悔不已，這種感覺就像是海嘯般不斷湧進我的腦海中。啊，現在天音也是等級Q了……

「啊哈哈哈哈哈，怎麼樣？星宮！想裝酷，結果妳要輸了呢！」

「如果妳有興趣的話，我也要讓妳試試看。這一次，我讓妳，赤井同學。」

當我低頭的時候，聽到天音如此說道。

我覺得奇怪地轉過頭，接著想到了一種可能性。該不會……

我急忙地看向螢幕。上面顯示的數字是……

「十三……！」

這意味著四的倍數＋一……！

「後攻必勝的數字」

出現這種狀況，簡直是奇蹟！不，也許……

她是故意讓杏理先攻嗎？在一片嘲笑聲中，我觀察杏理的反應。

她臉色發青，嘴唇顫抖著。就像是被拖進絕望的深淵。

原本強勢的表情，現在已經不帶任何希望。

「真遺憾，赤井同學。但是我知道這次的石頭數量是四的倍數＋一。」

「妳果然是個騙子……」

杏理眼神空洞地對著天音低聲說道。

「不會呀，我一向都是很公平的。」

「那為什麼！」

「和誠志郎對戰的時候，石頭的數量是四的倍數。接著，石頭的數量就變成了四的倍數＋三、四的倍數＋二。所以，下場就是四的倍數＋一。換句話說，這次的獲勝方式就是後攻，對吧？畢竟，數知戰是一種數學思維的競賽。」

「可惡……」

「當妳進入最終戰時，就不再思考了，只是賭上機率，我不過是抓住機會，看著妳自我毀滅而已。我很高興妳幫我獲得勝利呢。本來想要帥，但卻輸掉了競賽的感覺如何？」

「嗚……」

杏理因為雙眼充血而泛紅著。

她緩緩地環顧四周，突然哇地一聲癱坐在戰桌前的椅子上大哭了起來。

剛剛盛氣凌人的樣子彷彿沒發生過般，好像在害怕什麼無形的東西。

而且……也許我也是一個很殘酷的人？

明明看著杏理絕望的眼淚，但是我的心中仍然感動萬千。

不過是一場看似單純的尼姆遊戲，卻是建立在如此深奧的法則上。

我再次在心中回味著尼姆遊戲的必勝法。

就像解決了一道難題，我的心情備感興奮。

只是單純的數學樂趣。我真實感受到這就是我所祈求的，我才不在乎成績或分數。

「那麼，」

天音對著杏理說。

「我們開始吧。雖然我贏了，不過除非我們完成這個競賽，否則都不算是真的分出勝負。」

「妳真煩！妳就是要確保我是輸家吧！」

杏理的眼淚滴滴答答地流了下來，瘋狂地按著螢幕。

她像是選擇放棄比賽般，戰桌宣布由我們這方獲勝，聲音在靜悄悄的教室中迴響著。

「你們嘲笑吧！笑啊！我已經沒有希望了，都結束了！不、不厲害也沒有關係！我只是不想降到等級Q而已！我只是想要有一個快樂的學校生活而已！」

杏理大聲哭泣著。圍觀的人漸漸散去。

我和天音就只是靜靜地看著……

然而，只有一個女生靠近了杏理。

那個人當然是小櫻，我保持著沉默，看著她們。

「杏理。」

小櫻在她身邊彎下腰，輕輕拍著她的背。

「小櫻……」

「沒關係喔！我們還是可以過著快樂的學校生活呀！」

「……不可能的。如果降成等級Q的話，學校生活就不可能會愉快了……」

「我會把積分給妳。從現在開始，我們來進行一場數知戰，我會故意輸給妳。」

小櫻如此說道，並且看了看我。

我和天音點了點頭，表示：「當然，沒問題。」小櫻微笑著。

「你們兩個也答應，真是太好了。」

「為什麼……妳有什麼目的？我已經沒有積分了……」

「我不會根據積分來選擇朋友唷。」

小櫻把手放在杏理的背上，輕輕地拍著。

「杏理只是因為害怕降為等級Q而嚇壞了，不過妳不用再擔心了。」

「嗚……！」

杏理聽完小櫻的話，淚流滿面，抱住了小櫻。那淚水彷彿是要將內心中累積的不好的東西發洩出來一般。

「赤井同學應該只是被迷惑了吧。」

天音坐在座位上如此說道。我對她的話，深表贊同。

而迷惑的原因再明顯也不過了。

就是數知戰。因為數知戰的荒唐，才扭曲了這一切。

不只是比賽的兩個人，就連圍觀的人也是如此，而這樣的校園生活在這裡已經成為常態。

助長這種狀況發生的就是學生會……！

我現在明白了。

是誰偷走了我享受計算數學的敵人。

◇◆◇

第六節課結束後的課堂。

導師時間結束，大家開始準備回家。

「可以耽誤妳一點時間嗎？」

我向正要從我旁邊的座位站起來的天音喊道。

我以為我會因為對正要回家的女生大喊而被嘲笑，不過我一點也不擔心就是了。但周圍的同學都毫不在意地走出了教室。

「我想對午休時的事情向妳道謝。」

「因為我在數知戰幫忙嗎？如果是這件事，你就不用謝我了。我也很不喜歡數知戰。而且，我覺得我才是應該說謝謝的人。」

「天音？為什麼？」

當我問她時，她笑了。

她臉上出現了我過去從未見過的表情，就好像是從什麼事情中解脫一樣。

「我啊，」

天音將書包放在桌上，看著我。

「誠志郎一直在我身邊，相信我，讓我久違地能在人們面前自在地計算數學。在腦中思考著自己喜歡的事情，這讓我有自己活著的感覺。我已經很久沒有遇到這樣的人了，那個時候我其實很擔心人們會怎麼看我。」

「怎麼會？這沒什麼大不了的。」

「這對我來說，非常非常重要。」

天音表情認真地繼續說道：

「這裡不只有像誠志郎這樣單純想享受數學計算樂趣的人。因為這裡，一切都變得太瘋狂……

如果誠志郎是學生會成員就好了。我真心這麼希望著喔。還有數知戰，甚至更多……」

「我……學生會？」

當天音這麼說時，我的腦海裡閃過一道光。

我其實之前想都沒想過，但現在想起來，的確有道理。

「是啊，學生會……」

我低聲說道，天音說得沒錯。

如果想改變數知戰，就別無選擇，只能加入學生會。這是唯一選擇。

不，這並不容易。要進入學生會需要大量積分。

以我的實力根本不可能。……而且我很害怕。

這必須有某個天才的幫助……說到這裡，我突然看向天音。

她突然再度用她那不可思議的眼神看著我。

我不需要任何時間做決定。

「那個……」

剩下的就是她要跟我一起解決，比數學題目更可怕、更麻煩、更沒樂趣的問題了。

「妳願意跟著我一起戰鬥嗎？」

◇◆所持積分◆◇

排名	姓名	總積分	目前投注積分
等級B	橫山誠志郎	一〇〇〇〇	
等級B	星宮天音	一〇〇〇〇	
等級B	青坂櫻	一〇〇〇〇	
等級B	赤井杏理	五〇〇〇	

10　天音的過去

「好啊。」天音立即回答，然後匆匆離開學校。

就好像「借我橡皮擦」「好啊。」那樣，天音輕鬆隨口回答我。

對我來說，完全沒想到能這麼快得到回答，坐校車回家，寫完作業，玩遊戲來轉換心情，並且洗了澡後，上床睡覺，「蛤？」我終於才發聲，對自己這天的事情發出疑惑。

因為要與數知學園學生會對抗，其實是需要相當的決心，否則是絕對做不到的。就連先提出這句話的我，在說完後也覺得「也太瘋狂了吧」，但她卻那麼爽快就回答我……

不，該不會是我說的話不夠清楚，讓她產生誤會了吧。

是啊，一定是這樣的，應該是這樣的。基本上，我們一起作戰，太誇張了。

當我回想起這件事，不知不覺臉頰發熱，我把棉被拉到頭上。

明天我要用什麼表情面對她……

◇◆◇

「昨天那件事……」

坐校車上學時。正當我在最後面的座位上搖搖晃晃，坐我旁邊的天音出聲說道：

「是的！」我挺直脊背，天音則是面無表情。

啊，果然要說那件事吧，什麼一起作戰的，是不是就在河邊之類的某個地方？有武器嗎？之類的，或者什麼？不，其實說什麼都沒關係……

「回到家後，我想了很多。」

「呃，嗯……」

「我和誠志郎兩個人如果採取同一種行動，就沒有意義了，即使說要合作，我們也必須劃分不同的角色。」

「角色？劃分？」

「誠志郎，要進入學生會吧？」

「呃，嗯……嗯！」

我點了點頭。

「太好了～沒想到妳有聽懂，謝謝妳。」

「想一想。『我們都認為，享受數學的樂趣，應該更單純』，對吧？」

「嗯？」

「昨天，誠志郎是這麼說的喔。我聽完之後，心想誠志郎該不會以為我是想要創造一個可以享受數學計算樂趣世界的人吧。」

「我也認為這有點誇張了。」

「你這麼認為嗎？但是我並不想改變世界，只是維持原本的樣貌就好。誠志郎選擇我一起戰鬥，是因為認為做不到，所以覺得必須找個人幫忙。」

「所以，要劃分角色？」

「──是啊。我是收集積分的那個人，誠志郎是進入學生會並且擔任會長的人。我認為我們會成為一個非常完美的組合。」

「嗯？天音不一起進入學生會？」

「你覺得以我的個性，能應付得了這種事嗎？」

天音一臉認真地說道。臉上就像是寫著「我絕對不要」。

「……我會以進入學生會為目標喔。」

◇◆◇

加入學生會，是為了導正扭曲的數知戰。

就某種意義上來說，這或許是所謂的命運，或是宿命吧。

我向天音說明了我爸爸和我自己的事情，她認真聽我說著，然後告訴我，我的確應該以加入學生會為目標。

但這表示會一直與學生會為敵嗎……？

在開學典禮上，學生會完全沒理會校長，自顧自地對新生說話，並且打斷上課，發布視訊直播。……現在想起來，果然很可怕呢……

我一面這麼想著，今天也去上了數學課。我盯著代替數學課本的平板電腦，

「那麼，我們請同學來解開下一道問題，雖然有點困難……」

講台前站著一個穿著西裝的老師，他的目光掃視了教室一圈。然後，

「那麼，就請星宮來解開這一題吧，妳似乎在數知戰中很活躍的樣子。」

老師用筆指了指天音。瞬間，我感覺教室裡的氣氛出現了急劇的變化。

一個對杏理做出壓倒性勝利的實力者，今後也會成為數知戰如颱風眼般的存在吧。

這個學生會如何回答平板電腦上顯示的難題呢？即使答案和其他人一樣，但運算上也應該會有意想不到的解法吧。

大家一定都會這麼認為的，教室的空氣中瀰漫著一絲期待。

其實我自己也是如此，當我全神貫注等著旁邊天音的回答時，最終……

碰！天音將椅子往後一推，站了起來。

然後她轉向老師，一臉堅定的表情說道：

「我不知道。」

◇
◆
◇

「說不知道這招，已經行不通了。」

我在座位上吃營養午餐時，向天音說道。

「應該吧。但我還是不想解題引起別人注意，還是會抗拒的。因為我不知道如何與別人互動。」

「……明明就是個數學天才……」

感覺起來似乎對數學以外的事情，都是我行我素的呢。

「我相信天音的言行不會受場合影響。這也許就是為什麼過去不做多餘事情引人注目的原因了吧。」

「──那是我小學三年級時發生的事情。」

天音把湯匙放下，看向我。聽起來似乎刻意壓低聲音。

「我一直認為周圍的人們都和我一樣擅長數學。那時儘管解開困難的題目，但我也不認為有什麼特別的。感覺只是像個有趣的遊戲，就像誠志郎那樣。但是，這似乎傷害了其他孩子的自尊心。」

「所以……妳是說妳周圍的人們都在談論這件事？」

「正如誠志郎所說的，我覺得我無法解讀現場的氣氛。」

天音談到她小學三年級時的事情，當時的她很努力，那時數學開始變得有點困難。

天音總是拿一百分，但都不會拿來炫耀，但是有一天，考卷拿錯了，天音班上的考卷被換成五年級的題目。

當然，大多數孩子都拿到了〇分。然而，只有天音和平常一樣拿滿分。

天才！教職員室裡大家都在談論著，學校的老師們開始對天音偏心，說要好好磨練這樣的天賦，

相較於其他學生更是特別對待她。

要天音追隨老師們成為數學家的夢想。

覺得她是個能解決過去無解數學難題的人。

對於只是單純喜歡數學的天音來說，被賦予這樣沉重的理想，是痛苦的。

「但是更痛苦的是，其他孩子看我的眼神。」

有些孩子對天音被老師偏愛著感到羨慕，當然也有些人懷著嫉妒的目光。也有人看到天音能做到，自己也想盡辦法努力，卻仍然白費力氣，便開始放棄學習。

希望大家都能開心地算數學的天音很痛苦。

所以她隱藏自己的才能，即使會，也裝作不會，因為天音如果懂，那肯定有孩子在暗地裡哭泣著，所以最終，她讓別人遺忘了她的名字。

「這一定很痛苦吧。」

我聽了，如此想著。

天音可能就是所謂的「天選之人」吧，明明不是本人的錯，只因為是「天選之人」。

只因為這樣，就要被周圍的人們所仇恨、嫉妒。

真不敢相信如此出色的才能，居然被隱藏起來了……

「這都是過去的事情了。我之所以會來到這裡，就是為了忘記。」

「但是……」

「我覺得因為別人過去的事情，而出現這種表情的誠志郎，一定可以改變這裡的。我想也許誠志郎可以創造一個我們都可以享受數學樂趣的地方。這不是我們的共同目標嗎？這是我們獨自一個人都無法完成的事……」

天音說道。

「……是啊。只不過我不像天音那樣擅長數學。」

「我也無法像誠志郎那樣站出來戰鬥呀。我們能做的事情都不一樣。所以，要劃分角色，我負責贏得數知戰，並且收集積分。」

「的確是這樣啦。」

我吞下麵包，盯著天音。

「我從今天早上就開始思考。妳會像昨天那樣透過競賽來收集積分嗎？我有點不太喜歡那種狀況……」

「——是啊。的確。」

天音露出困擾的表情，雙手交叉，看起來之前也沒有考慮到那麼多。

我跟天音一樣，雙手交叉。

「如果能讓大家一起合作，一點一點獲得分數就好了。最理想的情況是挑戰學生會。我想有些孩子只是想享受數學，這樣的話就能請求他們提供幫助。」

天音歪著頭疑惑著說：

「我需要得到多少積分，才能加入學生會？」

「嗯……多少分呢？」

我也還沒有想那麼多。

更確切地說，我該到哪裡以及如何獲得這類資訊？

我把數知戰交給了天音，所以我的職責就是擬訂策略。

也許我應該問問朋友。正當我這麼想時……

「誠志郎，你好像有煩惱啊。」

呵呵呵……，我聽到後面座位傳來一陣可疑的笑聲。

當我轉過頭看時……

「喔，塔子。妳剛才不是不在嗎？」

「我有一種會在有傳言的地方突然消失，又突然出現的體質喔。」

「妳還是去醫院看醫生吧，胡說什麼……」

塔子不好意思地笑了笑，甩了甩短瀏海。

她是我小時候的朋友，戴著圓框眼鏡是她的標誌。之前就讀私立小學而分開，但我們又在數知學園很開心地重聚。

她有點怪怪的，但小時候常來我家玩。

她也很崇拜我爸爸，常常跟我一起做數學測驗。好懷念啊。

「我都在這裡了，我想多聽聽你剛剛說的事。」

塔子朝我的課桌靠了過來。

「你真的要挑戰學生會嗎？誠志郎。」

「我的確打算這麼做，但這對其他人還是要保密喔！塔子應該知道我為什麼要挑戰學生會吧？」

「嗯，大概吧。主要是因為誠志郎並不喜歡數知戰，對嗎？」

呵呵呵……，塔子笑了。這麼說來，以前塔子一直很喜歡節日祭典之類的熱鬧氣氛。

「好啊，那我就教你，挑戰學生會需要注意的要點。」
「妳知道？」
我把拿著的麵包放到盤子裡，轉身面向塔子。
天音一邊嚼著燉菜，一邊盯著我。
「那當然啊。我是班長，即使不刻意去打聽，這種資訊也會自然而然地知道呀。」
「不愧是塔子啊。——妳知道多少？」
「至少要一〇〇〇〇〇點。」
「一〇……」
我的眼睛可能瞪得圓圓的。
「因為你想想看嘛！要進入學生會，首先就要挑戰排名第七的進藤學長吧。到這裡都聽得懂吧。」
「嗯，是啊……」
「現在排名第七的進藤學長的積分有一九八〇〇〇。排行第八位的是進藤學長的妹妹，積分是一八五〇〇〇。如果要進入前七名，就要擊敗進藤學長並且超越他妹妹，所以必須從進藤學長那邊奪取將近一○○○○○點，儘管如此也只能達到第八名，對吧？」

「……的確……」

即便如此，一○○○○○點……

我和天音的積分加起來是二○○○○。這個差距非常遙不可及。就跟在店鋪櫥窗望著花光零用錢也買不到的遊戲機一樣。

「得想個辦法……」

塔子對我的話露出驚訝的表情。

「得想個辦法？誠志郎和天音做得到嗎？」

「這……」

「真拿你沒辦法。我要為陷入困境的小羊兒，出點綿薄之力囉。我有一個點子。」

塔子意味深長地舉起了食指。

「——什麼？」

「要完成遠大的任務，首先要從身邊的小處著手。過去的偉人曾經這麼說過。」

「身邊……？」

「簡而言之，」

塔子舉起的手指指向了自己，

「從我這裡奪走點數。」

◇◆所持積分◆◇

排名	姓名	總積分	目前投注積分
等級B	橫山誠志郎	一〇〇〇〇	
等級B	星宮天音	一〇〇〇〇	
等級B	晴山塔子	一五〇〇〇	
等級B	進藤京介	一九八〇〇〇	
等級B	進藤由美	一八五〇〇	

11 哇～哈哈哈哈哈哈哈哈哈哈！

「妳確定嗎？塔子的積分……」

總覺得有點不對勁

「沒關係，沒關係，有困難的時候可以互相幫忙呀。而且，」

「而且？」

當我詢問塔子時，她稍微低下頭後，再次看著我。

「……因為我不喜歡數知戰，不只是誠志郎和天音不喜歡，我是因為崇拜誠志郎的爸爸，才進入數知學園的喔。」

塔子苦笑地說著，接著她在從地板上升上來的戰桌旁坐下。

同時，圍觀的人也出現了，將我們團團圍住，就像要把我們淹沒一樣。

（橫山和班長玩數知戰？為什麼？）

（聽說要故意輸掉數知戰，把積分給橫山……）

是的，我們現在正在做的就是那個人低聲所說的事。

根據數知學園的規則，如果想獲得積分，除了進行數知戰外，別無他法。

這就是為什麼當需要從其他人身上獲得點數時，雖然很麻煩，但還是得故意在數知戰中輸或贏得競賽。

塔子所說的點子就是像現在這樣。

這是顯而易見的，但一〇〇〇〇〇點可不是一口氣就能收集得到。

所以，如果可行的話，這需要許多人通力合作。

我認為這個方法再理想也不過，但可想而知，也並不容易。只是正因為如此塔子才會提出由自己先參加。

因為她認為，

「如果我給誠志郎積分，其他人也會跟著參與。」

如果必須獲得許多人的幫助，那塔子本人就應該帶頭。

如果身為班長都帶頭進行這項計畫，那其他與我意見相同的人一定也會跟隨。

最重要的是，這代表塔子讓自己當作宣傳工具。

「連塔子都捲進這件事中……」

我坐在戰桌前，心裡感到既抱歉又感激，覺得非常難過。

當拱門上的螢幕升起，圍觀的人們突然變得緊張了起來。

這些人當中也許有人會聽塔子的話，透過這場戰鬥與我們合作……

「那我們就開始吧！」

戰桌對面傳來了塔子充滿精神的聲音。

我點點頭。

「現在開始，將進行數知戰，請玩家一起設定遊戲。」

戰桌的ＡＩ聲在教室裡迴盪著。

只不過，我覺得今天圍觀者的興奮程度並不像之前那麼高昂。

他們似乎知道塔子會故意輸掉數知戰。

「我會制定規則，希望妳能習慣。」

「嗯……是嗎？那麼就設定一對一的一戰勝，你可以設定搶答嗎？押的點數是一〇〇〇〇。」

「……你能這樣一下子就把所有點數給我嗎？塔子不會一口氣掉到等級Q嗎？」

「放輕鬆！放輕鬆！」

塔子在桌子對面呵呵笑了起來。

「班長會從學生會那裡獲得一些積分喔。我會把這些分數留下來，不會再進行數知戰。只剩這一點就很足夠了。」

「嗯……，是這樣嗎？那就聽妳的。」

我說道，然後正如塔子所說，我們將這場設定為一戰勝……

（誠志郎）

蹲低身體靠近我的天音突然探出頭，我嚇了一跳。

（怎麼了，天音？怎麼突然？）

（小聲點。我想做一件事。）

（呃，現在？是什麼？）

（這裡，這個……）

她伸出手，替我點擊螢幕。

現在競賽還沒開始，所以天音的操作本身應該沒問題……

我朝戰桌對面，看了一眼。

塔子正望向窗外，沒有注意到我們。

（……天音，為什麼要做這種事……）

（如果我判斷錯誤，等一下會道歉。但我有點在意。）

說完，天音退了一步，混入圍觀的人群中。

她靜靜地看著我，但眼神卻很嚴肅。

到底怎麼了？天音到底想做什麼？但這個動作應該不是沒有意義的。

『讓您久等了！』

沒多久，戰桌的燈光亮起，ＡＩ語音宣布響起。

『現在開始，晴山塔子和橫山誠志郎的數知戰！首先，設定螢幕上的規則。請確認！』

螢幕上顯示的是二戰勝，自由替換，搶答。

我很好奇天音的目的，但……好吧，之後再問她吧。

現在，我必須在不犯任何錯誤的情況下，從塔子那裡得到一〇〇〇〇分。

『那麼，競賽開始。第一題，幾何題！』

咚！太鼓聲響起，螢幕上顯示出一道問題。

幾何題。我喜歡這種可以應用在日常生活中的題目。

「慢慢思考喔。」

塔子在對面說道。

「我在這裡很放鬆的，所以如果誠志郎回答正確，我們就按計畫獲勝。你就能獲得一〇〇〇〇點！」

「……好。」

因為塔子這樣說，我也因為享受解題樂趣而興奮著。

感覺自己的面前有一道看起來很美味的料理，我一邊寫著筆記，一邊解題。

幸好競賽沒有時間限制，而且我的對手塔子也一定會什麼都不做地直接讓我獲勝，所以我現在正慢慢思考，慢慢享受……

正當我這麼想的時候！

『勝負已定！』

戰桌發出宣布勝敗的聲音。

啊？我心想。因為我還在思考啊，為什麼？

我反射性地將疑惑的目光投向塔子。

肯定是戰桌壞了吧。塔子或許知道，我心想。

然而，接下來我卻聽到ＡＩ在我耳邊響起的聲音：

『獲勝者——晴山塔子！』

「哇～哈哈哈哈哈哈哈哈哈哈哈哈哈！」

宣布聲傳出後，遠處傳來塔子一陣笑聲。

我不知道發生了什麼事。

「那個，塔子……？」

「對你這麼享受解題樂趣很不好意思，但是呢，你還不明白嗎？誠志郎。」

她推了推發出奇怪光線的眼鏡，仍然笑著。

「你啊，被我騙了喔。」

◇◆所持積分◆◇

排名	姓名	總積分	目前投注積分
等級B	橫山誠志郎	一〇〇〇〇	一〇〇〇〇
等級B	星宮天音	一〇〇〇〇	
等級B	晴山塔子	一五〇〇〇	一〇〇〇〇
第七名	進藤京介	一九八〇〇〇	
第八名	進藤由美	一八五〇〇〇	

12 天音的供品

全學年的班長都隸屬於學生會。

我身為班長，怎麼可能幫你們。

——塔子對我大喊。

我看著她的嘴巴動著，彷彿這是一場惡夢。

過去總是充滿好奇心的臉龐，總是充滿樂趣地做著爸爸的數學測驗的那個塔子。

指著爸爸，笑著說他已經變成老伯伯的那個塔子……

「你明白了嗎？誠志郎。」

她靠在戰桌上，嘲諷地撇了撇嘴。

「這可是狩獵呢。你表現得太愚蠢了，才會掉進了我為你準備的陷阱裡，不要擺出那麼難過的表情啊，這是學生會的命令，不要覺得這是什麼壞事！」

「怎麼這樣？塔子……為什麼……？」

「數知學園的教育政策就是學習如何欺敵以及瞭解被欺騙的後果呀，所以積分才限定在數知戰裡獲得！而且如果幫助學生會，也能獲得積分，這樣的話。獲得等級A就不再只是一個夢想。」

「就連塔子也……」

就好像中毒了一樣，這所學校的積分制度讓所有人都瘋狂了。

誰能想到在這所金光閃閃的學校裡，竟然流行著這樣的競賽模式？我認識的塔子不是這種會陷害別人的人……

「好吧，真是可惜，誠志郎。無論你是哭還是笑，都輸掉了數知戰了。這就是一戰勝的恐怖之處啊！」

哇哈哈哈哈哈哈，塔子又高聲笑了起來。但是，

「……好開心呀。晴山。」

這時，天音插話了。

「……如果輸給塔子，我無所謂的。天音。」

「好吧，塔子。很抱歉打斷了妳粗俗的笑聲，但妳弄錯了一件事喔。」

「這樣苦苦糾纏很難看。我這次放過天音，但如果妳再針對學生會的話，後果自負喔！」

「唉呀，妳那副圓眼鏡是不是起霧了？是不是看不清楚呀。戰桌宣布這場競賽由妳獲勝了嗎？」

「——蛤？」

塔子驚慌失措地看著螢幕。

接著，當她看著螢幕上的資訊時，臉沉了下來。

「為什麼……！設定！」

「就像我放鬆警戒一樣，塔子也一樣。」

我打斷了她們的對話，我為自己被愚弄而感到不甘心，不是因為失敗的緣故。天音那時候替我做的「以防萬一」設定，確實救了我。

「我已經把比賽改成二戰勝，那時候塔子正在看別的地方，為了以防萬一，天音設定的。」

「這……為什麼……」

「我啊，」

天音走向戰桌。

「因為我以前被陷害過，所以很敏感呢！塔子很明顯地散發出惡意喔！披著羊皮的狼，可惜羊皮有點太薄了點呢。」

「可惡……！」

塔子的臉部扭曲，我從座位上站了起來。

接著……換天音坐下，眼神嚴肅而堅定。

「天音……妳在做什麼？為什麼妳坐在戰桌的位置上……」

「妳為什麼不再重新看看規則呢？這次競賽允許玩家自由替換喔。即使要愚弄別人，也都沒想到自己會被愚弄呢。」

「妳……」

塔子咬牙切齒著。

「數知學園的教育政策就是學習如何欺敵，不是嗎？現在開始，我就是妳的對手。」

◇
◆
◇

哇哇哇哇哇哇哇哇哇！

圍觀的人們都興奮地喊著。果然如此。

愚弄別人的人，也被愚弄了。

『勝負已定！』

天音又展現壓倒性的實力，剛剛解開了第二道問題。

目前比賽是一勝一負，所以解開下一道問題的人就會獲勝。

「可惡！」

被這種情況激怒的塔子，雙眼布滿血絲，重重地敲打著戰桌。

「為什麼！本來我贏了的話，就可以分出勝負了……為什麼非得這麼堅持不可……！」

「不就是因為要贏嗎？」

「妳這卑鄙的傢伙……！」

「我很認真地告訴妳呢！而且當初想愚弄別人的是妳吧？」

我站在天音的斜角處，看著競賽的進行。

大概在這個班級裡，任何人與天音對戰都無法贏過她吧。

只不過，會引發效應的，還是數知戰本身

事實上，我還沒有從塔子臉上看到任何屈服的跡象。背後有人控制著。那張臉。

到了那個時候，天音唯一可以依靠的人就是我了。如果我不留在她身邊支持著……

「——嗯，天音，」

正當我這麼想的時候，坐在戰桌對面座位上的塔子開始說話，她的聲音極其冷淡。

「我啊，剛剛就想問了，妳以前就是因為數學很厲害，所以才會被霸凌，對吧？」

「妳……」

天音的表情變得極為憤怒，塔子見狀，嘴角揚起笑容。

「大家聽我說！」

她站了起來，向圍觀的人們張開雙臂。——糟了！

「別這樣，塔子！」

我伸出手，但已經太遲了。

「你們知道誠志郎和天音的目的是什麼嗎？他們加入學生會，會取消現在的數知戰喔！數知學園是因為數知戰而成名的名校！畢業生們正在實現夢想，正是因為數知學園是名校！」

塔子的話就像在呼喚般，引起一陣騷動。

「不對！我們只是想讓大家能夠享受數知戰純粹的樂趣！」

「說謊！」

塔子在圍觀者的面前，強烈地打斷了我的反駁。

「因為你的數學比較好一點，就那麼自私嗎？學生會明明這麼拚命地在守護數知戰。我不要！身為班長，我要保護數知學園！」

「不要太過分！」

我雖然拚命要阻止，但……似乎為時已晚。

「這兩個傢伙！」

「別認輸！」

圍觀的人們頓時喧鬧了起來。

就好像無論學校發生過什麼，光芒四射的數知學園都是大家對未來的希望。

如果有人嘗試破壞它，會發生什麼事？

沒錯！塔子的鼓動，讓我們成了同學的敵人。

每個人的眼神都充滿了仇恨和惡意，彷彿想要除掉障礙般。

當氣氛轉變成這樣的時候，天音……

我轉過頭，看著天音。

已經看不到剛剛還在座位上挺直身體的那個女孩的身影，

在戰桌前，取而代之的是，低著頭的天音。

◇◆所持積分◆◇

排名	姓名	總積分	目前投注積分
等級B	横山誠志郎	一〇〇〇〇	一〇〇〇〇
等級B	星宮天音	一〇〇〇〇	
等級B	晴山塔子	一五〇〇〇	一〇〇〇〇
第七名	進藤京介	一九八〇〇〇	
第八名	進藤由美	一八五〇〇〇	

13 決戰！

「再怎麼天才，如果沒解開題目，也贏不了的！」

塔子一臉沉浸在勝利世界的模樣，身體用力向後靠在椅背上。

天音蹲著，沒有露出臉龐，只是沉默著。

——這就是塔子的目的嗎？過去的她不是這樣的人呀，但是……

「……你變了啊，塔子……」

我說道。她哼地一聲，移開了視線。

「這真的讓人很難過。妳小時候聽到我爸爸說要做題目時，總是眼睛閃閃發亮……我希望妳可以一直是那個過去的塔子。」

「你是在講什麼時候的歷史故事呀？」

塔子的眼神沒有看我地說道。

勝利條件：二戰勝

問題

每個袋子裡平均裝有五塊餅乾，總共有三個袋子。將這些都分給朋友，但三袋都各有一塊餅乾與眾不同！其中兩袋很快就知道是哪一塊，但最後一袋卻遲遲沒有找到。你認為是哪塊餅乾與眾不同？

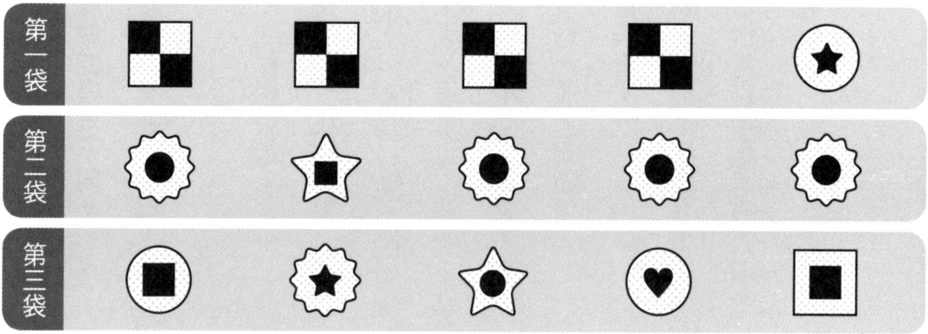

「想要在這裡過得開心，除非把靈魂賣給學生會，否則是做不到的。證據就是，即使是天音這樣的天才，也會淪落到現在這副狼狽的模樣。」

塔子手撐著下巴指著天音。塔子也是被學生會扭曲的人之一。

那麼可悲嗎？我不甘心地握緊雙手。

『第三題』

咚！太鼓聲在空氣中迴盪著。

『每個袋子裡平均裝有五塊餅乾，總共有三個袋子。將這些都分給朋友，但三袋都各有一塊餅乾與眾不同！其中兩袋很快就知道是哪一塊，但最後一袋卻遲遲沒有找

到。你認為是哪塊餅乾與眾不同？』

幾何題。原本應該是很有趣的題目，但是現在圍觀的人們用憎恨的眼神看著天音。

「天音。」

我對著她完全捲曲的背影說道：

「妳知道吧？我在這裡。我站在妳這邊。」

我抬起頭，像其他人一樣尋找題目的答案。題目的謎底在我腦海裡慢慢地組合起來，我再次意識到，對於數學來說，思考也很重要！就在這個瞬間！

「我知道了，右二與眾不同！我贏了！」

塔子伸出手觸碰螢幕，並大聲說道。

『獲勝者——星宮天音！』

就在幾乎同一時間，戰桌也發出宣布結果的聲響。

塔子的臉僵住，當然還有圍觀者的表情。

獲勝者，星宮天音！

解說

試著思考各塊餅乾的特徵吧！
袋子裡裝的分別是哪些餅乾呢？

	●■	✹★	★●	●♥	■■
■	○				○○
●	○		○	○	
✹		○			
★		○	○		

只有右二的餅乾，使用了跟其他兩袋裡的餅乾不一樣的形狀，所以【右二的餅乾與眾不同】喔！

戰桌的聲響震撼了教室裡的所有人。

最後，天音手支撐在戰桌，緩緩站起身來並轉向我。當她看到我時，像個頑皮的孩子般吐了吐舌頭。

我笑得不禁拍起手來。

◇◆◇

「一開始，我當然，很害怕。」

競賽結束後，天音站在我面前，一臉不好意思的模樣。

圍觀的人頓時鴉雀無聲，四散而去。

「但是我知道誠志郎相信我，所以我感到很安心，因為有人支持著我。當我蹲下來時，你覺得很驚訝嗎？」

「有一點喔。但我認為妳沒問題的。」

「塔子一開始很快就解開了幾何題。我認為她本來可以獲勝，但因為太貪心了，所以我讓她對這次的題目放鬆了警戒。」

天音一邊說，一邊看向還在戰桌對面抱著頭的塔子。

她的身體在不停地顫抖，我一眼就可以知道她真的很害怕。

在我的內心深處，想著她小時候做題目時，閃閃發亮的眼神。

但現在的她如此地膽怯……

……計算數學時變成這個模樣，過去曾經發生過嗎？

我繞過戰桌，站在崩潰的塔子身旁。

「如果妳擔心的話，我會把積分還給妳。」

當我出聲時，塔子抬起頭，一臉疑惑地看著我。

「……為什麼？我明明欺騙了誠志郎。」

「老實說，我很驚訝，不過塔子也是被學生會命令的吧？不是塔子的錯。是學生會出了問題，扭曲了數知戰。」

聽了我的話，塔子皺著臉，吸了吸鼻子。

「我不擅長競爭之類的東西，所以我想我也不會跟學生會一樣，但是當我看到塔子時，我心想，自己非得創造出一個讓人們可以享受數學的地方。也許，這就是我的使命。」

「誠志郎……」

塔子從口袋裡掏出一條手帕，擤了擤鼻涕。我想她已經站在我們這邊了。

「學生會……」

塔子一邊抽抽噎噎，一邊說道：

「很可怕喔！當我走進學生會會議室時，那裡的人說的話讓我渾身發抖，甚至讓人無法反駁。排行前幾名的人就是有一種不同的氣勢。」

「我會盡量不要驚慌失措的，天音也在這裡。」

「我的意思是……沒關係。我會給你。」

「……妳確定嗎？學生會那邊……」

「是的。無論如何，請你們快點……」

塔子這麼說道。這個時候，

「妳會背叛也不讓人感到驚訝呢！晴山塔子同學。」

教室門口傳來一個聲音。

他的聲音輕柔、平靜，但也令人害怕。

我……不，不只是我，天音和塔子，還有班上的其他人都被吸引著，所有人都朝著聲音的方向看去。

然後在那裡的就是我在入學典禮上看過的那張臉——

學生會長，朝月春歌學長。

安靜的魄力和一種說不出來的奇異感，頓時席捲了教室裡的所有人。

「妳知道我為什麼來這裡嗎？晴山同學。妳明白的，對吧？」

塔子聽到朝月學長的話，手裡的手帕掉了下來，往後退了一步。

朝月學長臉上掛著微笑，但表情卻像帶著面具，令人毛骨悚然。

「哈哈，晴山同學，別害怕。我身為會長，只是來看班長落敗的場面而已。」

朝月學長摸著塔子掉落的手帕，伸出手。

塔子一臉害怕的樣子，我忍不住站在她面前瞪著朝月學長。他困惑地歪著頭說道：

「──有什麼事嗎？正義夥伴同學。」

「如果我看起來是正義夥伴，那不正是你們是糟糕的人的證明嗎？我只是想讓這裡成為一個可以單純享受數學的地方。我對正義才不感興趣。」

我感覺到自己在發抖，但也正盡力堅持著。

因為我覺得如果自己現在就屈服的話，塔子給我的積分，以及依靠著我的天音等一切都會被破壞殆盡。

創造一個可以享受數學的地方……這不再只是我的使命。

「好難過喔。我想你誤會了。」

「誤會？」

「是啊，誤會。畢竟晴山同學是班長呀，我希望她在數知戰時可以堅強以對，所以只是想和她談談而已，——對吧？」

朝月學長看向塔子。塔子摀住眼睛，緩緩地點了點頭。

「那麼，可以吧？放學後我在學生會會議室等妳喔。」

對著微笑著的朝月學長，塔子微微發抖著。

談談就會被原諒的話，我們就沒有理由阻止了。

雖然已經鼓起了勇氣反駁，但似乎被他巧妙地閃避了。

我只好把目光從朝月學長身上移開。

「啊哈哈，不要用那麼可怕的臉看著我，我不會做無禮的事。」

他轉身離開，頭髮絲滑飄逸。

「還有，正義夥伴同學，」

他出聲說道：

「你之後也會跟學生會的人碰頭喔。所以我才得跟你這個充滿活力的新人，打聲招呼。」

◇◆所持積分◆◇

排名	姓名	總積分	目前投注積分
等級B	橫山誠志郎	二〇〇〇〇	
等級B	星宮天音	一〇〇〇〇	
等級B	晴山塔子	五〇〇〇	
第七名	進藤京介	一九八〇〇〇	
第八名	進藤由美	一八五〇〇〇	

14 被踐踏的花芽

放學後。

負責澆花的我和天音兩個人，來到學校十樓的花圃前澆水。

整層十樓都改建成溫室，種植著許多色彩繽紛的植物。

順帶一提，三十五層樓的數知學園大樓，一樓設有禮堂，二樓和三樓是職員樓層，四至十樓有溫室、圖書館、體育館等設施。

而十一樓至二十樓則是小學教室、自習室以及可供交談、面談的小組教室。二十樓以後則是國中部。有許多間小班制的教室。

我們班負責的花圃位於溫室樓層的盡頭。

種植著包括供自然課觀察用的花卉，每天都會有值日生前來澆水。

這是數知學園裡，少數可以感受到滋潤感的地方，所以我很喜歡這裡，天音也會來幫忙。

「儘管我贏了數知戰，但從未想過靠自己改變遊戲規則喔。」

當我在磚塊包圍的低矮花圃前用噴壺澆著水時，旁邊的天音說道。

「到目前為止，我一直假裝自己無能，常給別人添麻煩的樣子。……所以剛剛我也這麼想的，我覺得誠志郎應該是進入學生會的合適人選，因為我不喜歡現在的學生會，才強迫誠志郎進去的喔。」

「我相信喔。」

哈哈哈，我笑著，看著花圃上出現了一道小小的彩虹。

本來很擔心塔子去學生會會議室的情況，不過剛剛在班級線上聊天室看到她的訊息，稍微安心了一點。看起來她似乎會加入我們這一邊，而且也希望我能進入學生會。

只是，這並不表示積分的問題已經解決了。

就算加上天音的積分，仍然需要七〇〇〇〇點吧？目前的總積分還不到目標的三分之一。

而且即便如此，也只是拿到挑戰第七名的門票而已。

眼前的高牆又高又厚重。

「還需要再找一個可以幫助我們的人……」

我搖晃著空噴壺，自言自語道。

只不過，我認為不害怕與學生會為敵的人，並不多吧。

但應該還是有不喜歡學生會作風的同學，像我這樣只是單純想享受數知戰的人。一定要想辦法把這些人聚集在一起……我這樣想著。

「喔，真的在那裡，真是花了我不少時間呢。」

花圃的後面，從一棵大樹後傳來幾個人的腳步聲。

是我們班上的人嗎？因為和塔子進行數知戰，我和天音成了班上的公敵，搞不好還有人抱怨著我們。

我有點擔心地回頭看，但是站在那裡的是……

「進……」

「你是橫山誠志郎。」

制服下穿著一件連帽衫……。出現在我面前的人是那個時候在螢幕上看過的那個人。

學生會排名第七名，六年級的進藤京介，為什麼會在這裡……！

「啊啊，你不用擔心，我來這裡並不是為了找你麻煩，只是因為會長的命令，要我來跟你和平討論一下。」

「……」

在敵人面前，即使被告知不用太在意，也不能輕敵。

如果有什麼萬一，我會和天音一起逃走。我一邊思考著逃跑路線，一邊直視著進藤學長。

進藤學長周圍有四個臉龐毫無生氣的學生

每個學生手上都拿著兩個包包或是購物袋，很明顯受到不公平對待——其中就有塔子。眼睛紅紅的……

「塔子……」

「對不起，誠志郎……我……」

就在塔子正要開口說話的時候，

「等級Q不能擅自說話吧。」

進藤學長突然打斷。塔子看起來很害怕……

「塔子……等級Q，妳該不會……」

「正如橫山所說的那樣喔。」

進藤學長裝作很熟悉似地，把手放在我的肩膀上。

「成為學生會的一員，是可以有特權強制進行數知戰的喔。指名某個學生，那個人就一定要參加呢。」

「所以你就強迫塔子……？」

「不只是晴山塔子。還有這四個人。他們都是聽我的命令進行數知戰的喔。」

進藤學長像蛇一樣用手臂環抱著我的脖子，低聲說道。我像是被野獸盯上一樣，一股不寒而慄的恐懼爬上我的背脊。

「喂，橫山。」

進藤學長凝視著我的臉。他的眼神銳利，甚至可以說帶著殺氣。

「我認為，比賽就像是通往勝利目標的橋樑一樣。」

「橋樑……」

「對，橋樑。」

他用嚼口香糖般的語氣說著，並以嘲笑的的口氣說：

「這是一座為了通往勝利所搭建的橋樑。你說你要打造石橋通往勝利，對吧？但是我已經搭建好了，並且確保橋樑的安全，在這裡只用一個禮拜的時間，讓四個人降到等級Q。但是你並不想這麼做，對吧？」

「說什麼……」

每個人對學園都曾經有過各自的夢想和期望……

「我聽會長說過了喔，你似乎是個正義夥伴是嗎？但是在數知學園，所謂正義就是我們喔。所以，我才會那麼喜歡這裡。」

「學生會是正義嗎？我認為學生會只是擅自制定了規則，完全是個錯誤的規則。」

「你還不明白嗎？強者制定的規則，就是正義。」

進藤學長傲慢地笑道。

「但是橫山，我不明白你為什麼突然變得這麼愛爭論呢。有傳言說你不擅長競爭，但事實上，並不是如此吧？我聽塔子說你打算挑戰學生會。」

「……我的確，打算這麼做。」

雖然認為非得如此回答不可，但我的壓力卻無比巨大。真不愧是校排第七名。

「哈哈哈，原來如此。嗯，你真是個勇敢的新生呢。我才在想今年的五年級新生都太安靜了，但還是有像你這樣的傢伙呢。」

進藤學長高興地說道。我攔住了看起來要出口罵人的天音。

「但是啊，做困獸之鬥是沒有意義的。我希望有才能的人可以彼此友好相處啦。為了學校好，也能讓大家懷抱著夢想。」

「夢想？」

「想想那些運動員，尤其是特別優秀的那一群人。當看到他們受到崇拜時，會有什麼感受？你會夢想成為那樣，對吧？我們的存在就是這樣。」

「我不明白這意味著什麼。」

最後，我把進藤學長摟在我脖子上的手臂鬆開。父親曾經把數知戰比喻為一項運動，但意義卻大不相同。

「喂喂喂，你討厭我嗎？不過我喜歡像你這種有幹勁的人唷！我真不想把橫山變成我第五個等級Q的目標啊。」

進藤學長說道，並指著塔子說。

「嗯，總之，我想讓你聽聽學生會的意見。我把塔子從班長名單中除名了，然後我讓你來代替她喔。這樣還不賴吧。」

「……塔子是大家選出來的班長吧？」

「選出來的？那是無稽之談喔。像在這個花圃澆水的工作分配，都是學生會負責的。」

說完之後，進藤學長毫不猶豫地，

「啊！等一下！」

甚至沒有聽到我阻止的聲音，就擅自踏進花圃。

然後，鞋底踩踏一株才剛發芽的植物。

「你也不想變成這樣吧？這裡只有實力才是最重要的。」

進藤學長冷冷地說道。

我像金魚般驚訝地張大嘴巴，反射性地看向塔子，看起來哭過的塔子也受到了這樣的威脅。我心想。

「我知道了。」

我回答道。

「喔？」

進藤學長把手插進口袋，看向我。

「你很懂事嘛！我就分給你一個等級Q，為你服務吧。塔子可以吧？因為你被她欺騙而感到生氣吧？你可以叫她替你提書包喔。」

強者的游刃有餘，可以做到這種地步。只不過無論多討厭戰鬥，也要有個限度！

「不。我知道了，我知道學生會終究是我的敵人。現在，請你把你的腳從花圃上移開。這是每個人用心栽培花朵的地方。別用髒腳碰它。」

「——啊？」

進藤學長眼神變得震驚和憤怒。

我像是不對進藤學長屈服般，用盡全身力氣，盯著進藤學長。

「你在說什麼！我一定會加入學生會的！絕對要改變數知戰！請做好準備吧！」

「真遺憾啊，那我就得除掉你了喔。」

他哼了一聲，向我伸出手臂。他打算抓住我的胸口嗎？

然而，這時從旁邊出現一隻手，阻攔在我們之間，抓住了進藤學長的手臂。是天音。

「妳做什麼？」

「因為你踩踏才剛發芽的植物，我很生氣。」

天音雖然沒有如此回答進藤學長，而是瞪著他。

這個眼神是我見過她最嚴肅的眼神。

「所以我相信誠志郎，肯定比你更適合學生會。」

◇◆所持積分◆◇

排名	姓名	總積分	目前投注積分
等級B	横山誠志郎	二○○○○	
等級B	星宮天音	一○○○○	
等級B	晴山塔子	○	
第七名	進藤京介	二○三○○○	
第八名	進藤由美	一八五○○○	

15 獨占鰲頭的妹妹

連天音都會生氣，也是理所當然的。

她平常都很冷靜，所以情緒激動的時候，是相當有魄力的。

「怎麼了？」

隔天早上。

我從校車上走下來，前往教室時，天音睜大眼睛看著我。

當我看到她與昨天完全不一樣的表情時，稍稍鬆了一口氣。

「呃，昨天，天音那麼生氣。我有點驚訝。」

「彼此彼此。我也對你感到驚訝呢。」

天音似乎也安心了下來地微笑著，接著把長髮梳理在耳後。

「我在想誠志郎也有那麼生氣的時候，你們爭鋒相對時，我覺得很暢快呢。」

「當時我不得不這麼說。但是現在被他們當成眼中釘，我覺得還太早了。」
「學生會最終會成為我們的敵人的，所以什麼時候都無所謂吧？」
「嗯——」
我看著天音。
「如果現在變成他們的眼中釘，我想他們會來試圖干擾我們累積積分。我昨天感覺，進藤學長似乎就是這樣的性格。」
「不能偷偷地收集嗎？」
「我想這是不可能。昨天，進藤學長連我在哪裡都知道，對吧？」
「……這麼說的話……」
「塔子輸了競賽，會長也在第一時間來到教室。我認為學生會在學校內部建立了許多類似情報網的管道。所以我們的點數資訊一定也被牢牢掌握著。」
「——比我想像的還要強大。」
問題很嚴重。今後收集積分將會變得更加困難。

而且，我得幫助塔子快點振作起來。

「喂，誠志郎。」

當我正在思考時，天音拉了拉我的制服。

「那是什麼？」天音一臉狐疑地指著某個地方。

我循著天音指著的地方看去，那邊的走廊聚集了一群人。

就像昨天一樣，我有種不好的預感……

「我們走吧，天音。」

◇◆◇

『獲勝者，進藤由美！』

當我們小跑步朝教室走去時，聽到戰桌的聲音。

我們從走廊用力地擠過圍觀人群，往窗戶方向看過去，映入眼簾的是……

「妳是，誰啊……？」

我在教室門口嘀咕著。

戰桌旁坐著一個我的同班男同學，他對面則坐著一位陌生女生。咖啡色的飄逸長髮，孤獨的眼神吸引著我。

好像有種似曾相識的感覺……，這麼說來，進藤……？該不會……

「你一臉『該不會』的表情呢。」

那個女生呵呵地笑著說，像是看透我內心的話，繼續說道：

「也許你猜中了喔！我是進藤京介的妹妹。進藤由美。」

「……那個人的妹妹，為什麼要自己單獨進行數知戰？還有……」

由美對面的人，是前幾天在電梯前遇到的光頭阿原。把好朋友降到等級Q並嘲笑著的那個傢伙。

不過，他現在臉上的表情與當時完全不同，一片蒼白，嘴唇發紫。

他把頭靠在手肘上，咬牙切齒。

「你跑到哪裡去了？真無情呢！昨天對我哥哥那麼沒禮貌，我不過是要來這裡跟你打個招呼而已，對你們班，隔壁班也是。」

由美把頭轉向我們，看著我們。眼神冷漠。

「如果只是打個招呼，就不需要進行數知戰了吧。妳為什麼要對我同學……」

「因為單獨一個人一組，身邊的等級Q太少了，有點不方便呢。而且等級Q是大家的工具人呀。啊！感謝大家貢獻的一二〇〇〇點。」

「為什麼要這麼做……」

這分明就是對我的挑釁。

沒想到會用這樣的形式騷擾我……

「你是橫山，對吧？表現得像個好孩子也沒有意義喔。」

由美撇了撇嘴繼續說道：

「橫山也一樣吧？除非累積積分，否則無法挑戰我哥哥的。你一定也在計畫著從其他人身上奪取積分，並加入學生會。不是嗎？」

「不，不是那樣的。不要胡說八道。」

我立即否認。圍觀的人們出現輕微的騷動。

「我們不想從人們那裡奪取點數。我們可以從那些跟我們有一樣想法的人那裡，一點一點地獲得點數，然後再去挑戰學生會。」

「蛤!? 我不知道該說什麼。——但是你看。」

由美指向圍觀的人們。

我的注意力跟著她轉向其他人，平時興高采烈的圍觀者都擠在一起，害怕地低著頭。

「光是在第七名的妹妹面前，就這麼畢恭畢敬。大家都很怕學生會找上門喔，如果被我哥哥強制指名參加數知戰，就一定會掉到等級Q的。」

由美大笑著，從椅子上站起來。

「即使如此，如果有人跟你們有一樣的想法，也不錯呢。」

「妳的作法很糟糕……」

「哼！」

她慢慢地向我們走來，然後，

「——拜託……阻止我哥哥……」

她從我們身邊走過，低聲說著，便離開了教室。

啊？正當我這麼想時，看著由美的眼神，不由得覺得似乎有點悲傷。

◇◆◇

毫無疑慮地，我跟天音在班上被孤立了。

這也是沒辦法的事。如果跟我們有牽扯，可能就會被學生會盯上。

「被圍堵了呀？」

午休時間我自言自語著，也對著隔壁的天音說道：

「這一定是學生會的目的……。我們的勢力已經夠小了，還阻礙我們收集積分。」
「而且也許現在周圍有很多敵人。」
天音像是在講不太重要的事情般回應著，而我也有同感。
因為同學們都在遠處看著我們。
怎麼說呢？也可能是我的情緒讓人有這樣的感覺吧。
他們散發出來的感覺盡是憤怒、敵意和其他不好的情緒。讓人完全沒辦法從中找到任何能幫助我們的人。
不，事實上，情況也可能恰恰相反。
也許有些學生會決定讓我們降到等級Q，試圖討好學生會，如果是這樣的話，那就真的是被敵人所包圍了。這也太可怕了吧……
「順便說一句，誠志郎。」
天音一臉忽然想起什麼事般地看著我說，看起來覺得一切都沒什麼大不了般。
「剛剛來這裡的那個妹妹由美，她回去的時候說了什麼？」

「嗯、不……我不太明白。」

我只能這麼回答。嗯，我真的不懂。

對我們說那些尖酸刻薄的話，但最後卻又那樣拜託我們。那個，阻止我哥哥，是指要我贏過她哥哥嗎？我真的不知道她想說什麼。

「聽不懂也沒關係……，但是為什麼要對誠志郎竊竊私語呢……？」

當天音陷入深思時，

「喂，橫山，」

有個身影遮住我，對我出聲喊道。

我一看，發現一個男同學站在那裡，俯視著我。

他用完全判斷不出情感的謹慎眼神，說著：

「——呃，要怎麼說呢？」

「和我來一場數知戰吧。」

◇◆所持積分◆◇

排名	姓名	總積分	目前投注積分
等級B	横山誠志郎	二〇〇〇〇	
等級B	星宮天音	一〇〇〇〇	
第七名	進藤京介	二〇三〇〇〇	
第八名	進藤由美	一九七〇〇〇	

16　不能被奪走！

『獲勝者，橫山誠志郎！』

自從那次的午休時間以來，戰桌就一直傳來這個聲音。

我的同學們想在每次休息時間進行數知戰，所以我們將所有午休時間都用來進行數知戰。

沒有中斷，就連放學後也在進行著。

「誠志郎……」

隔壁傳來天音擔憂的聲音。

「我沒事喔！」然後深深吐了一口氣。

進藤學長的妹妹由美在我們班留下了不好的氣氛。雖然我擔心地在想要如何扭轉，但蓋子一旦被打開，我們就別無選擇，只能戰鬥。我的愧疚感油然而生。

「喔，你正在進行數知戰啊。」

正當我在思考下一步該做什麼時，教室的門被打開了。
我過轉身，看到的是進藤京介和由美兩兄妹。
——馬上就來打聽消息了嗎？
「橫山。」
進藤學長仔細地環顧了教室一周，然後慢慢朝我走來。
「當我從你們班同學那裡聽說你們正在收集積分時，我就直接過來了。嗯，如果你能打敗一個容易戰勝的敵人，那就值得了。這表示你也正通過一座安全的橋樑。」
「是啊是啊。」
妹妹由美跟在進藤學長身後，也用戲謔的聲音對我說道。
「你也只是隨口說說的吧！還不是從別人身上奪取積分？就在不到一天的時間裡，啊——你看看你做了些什麼啊。」
「哇哦，有二十五個人曾經和這傢伙戰鬥。」
進藤學長看著戰桌上的對戰紀錄，不懷好意地笑著說道說。

「你騙了多少積分？嗯？現在可以和我對戰了吧？」

「騙？」

我坐在戰桌這邊，面對進藤學長。

「我有說過吧？我才不做偷積分這種事。」

◇◆◇

回到稍早之前的時刻，早上的下課時間。

就在那時，我說「被圍堵了呀？」正在跟天音討論的時候，

「和我來一場數知戰吧。」

一位男同學站了起來，盯著坐在座位上的我看。

他該不會想把我和天音降到等級Q吧？

正當我如此懷疑的時候，他緩緩地開口：

「昨天，」

「嗯？昨天？」

「啊啊。橫山在十樓的溫室裡澆水吧？我那時候在柱子後面都看到了。」

「進藤學長進來的那時候嗎？」

當我提出這個問題時，他點了點頭。

「當時，進藤學長踩的是我種的花……我，很喜歡它……可是，雖然我很不甘心，但是我對第七名也無法說些什麼……」

「是嗎……」

「但是那時候的橫山很生氣，明明植物的事與你無關。我很高興。」

他抿起嘴唇，我認為那是一種下定決心的表情。

「老實說到目前為止，我原本一直對別人的數知戰感到幸災樂禍，也總是圍觀著、喧鬧著。但是，在看到進藤學長和橫山的態度之後……我覺得我已經意識到誰是對的了。所以我希望你能用我的積分去挑戰學生會。」

「可以嗎？」

我跟他再次確認，他用力地上下點著頭。

接著，他的舉動似乎給每個人帶來了鼓舞，從那時起，一口氣開始了。

那些原本總是在遠處看著我們的同學。

開始圍到我們周圍，

「也用我的吧！我不想受那種學生會的擺布！」

「我的也是！我都不知道學生會是這樣的地方！」

「一想到自己也可能變成那種樣子就覺得害怕！我用數知戰，把積分給你！」

他們紛紛把積分託付給我們。

我一面向大家道謝，這時我覺得自己全身都獲得了勇氣。

這些點數代表著大家的想法，我背負著這些，首先就是要挑戰進藤學長。

我認為天音和我能夠完成這個使命。

◇

◆

◇

「加上天音，我們總共有一七五〇〇〇點。」

我仍然坐在戰桌旁，舉起記載我所有積分的學生卡。

來吧，進藤學長。怎麼了？你在生氣嗎？還是，有什麼要向我炫耀嗎？

我目不轉睛地盯著進藤學長。

他只是低著頭，過了一下子忽然顫抖著肩膀。

生氣了？我可能說得太過了。但我覺得如果這可以讓他失去冷靜，或許也是我的機會。

「哈哈哈哈哈哈哈哈哈！」

他雙手插進口袋，放聲大笑。眼睛就像是發現了獵物的野獸。

「我本來想叫由美來稍微干擾一下你這隻出頭鳥，沒想到居然還更厲害了呢！這不是很好玩嗎？你這傢伙，真的如我所願地進行數知戰。只不過，你的積分都會成為我的囊中物，如果我全都搶過來，我就可以挑戰排名第六！」

「如果全都搶過去？那也要搶得過去啊！」

這時，天音站在我旁邊，惡狠狠地瞪著進藤學長。

「要在這裡贏得大量積分，並且挑戰排名第六。我們是不會坐視不管的，我本來還覺得可以不用當你的對手，真是太棒了……」

「如果妳想當英雄，那做夢比較快喔！而且……由美。」

進藤學長用眼神呼喚著妹妹由美。他妹妹似乎明白了進藤學長的想法，點了點頭，前來站在他身旁。

「我們也有二個人喔。這次競賽我們就進行雙人賽吧。」

「雙人賽？」

「我和由美。橫山和那個女生……是叫星宮，是嗎？二對二。」

「為什麼……」

我喜歡遊戲競賽，但我不認為自己在這樣的比賽中，會發揮任何功能。

「這對我們雙方都有好處吧？我想讓由美累積她的競賽經驗。如果我成為第六名，她就會成為第七名。而且一但沒有橫山，星宮就會開始認真起來。」

「你連這樣的事情都知道嗎？」

我看著天音，詢問她的意見。

「——這樣很好呀！不過規則可以協商決定，這樣比較公平吧？」

聽完天音的話，進藤學長笑了笑，說道：「當然。」

他和由美坐在戰桌的另一邊。

當我環顧四周時，我發現同學們也在靜靜地守護著我們。

這已經不像之前一樣有趣了。

他們在守護著自己的命運，表情認真而嚴肅。

我不能再說自己不擅長在大家面前比賽，因為就連天音也竭盡全力。

我強忍著自己的情緒，操作螢幕。

設定結束後，戰桌響起了熟悉的聲音：

『讓您久等了！』

◇◆所持積分◆◇

排名	姓名	總積分	目前投注積分
等級B	橫山誠志郎	一六五〇〇〇	全押
等級B	星宮天音	一〇〇〇〇	全押
第七名	進藤京介	二〇三〇〇〇	八七五〇〇
第八名	進藤由美	一九七〇〇〇	八七五〇〇

17 勝負開始！

『現在開始，進藤京介&進藤由美和橫山誠志郎&星宮天音的數知戰！首先，設定螢幕上的規則。請確認！』

螢幕上顯示如下：

・答題全以搶答進行。
・一對一競賽。採兩戰勝。
・第一戰由橫山誠志郎VS進藤由美。第二戰由進藤京介VS星宮天音。
・比數為一勝一負的情況下，第三題將由四名選手一起搶答。
・橫山誠志郎&星宮天音的投注積分為全隊總積分一七五〇〇〇點。
・進藤京介&進藤由美的投注積分各為八七五〇〇點。

勝利條件：二戰勝

問題

某個海盜將寶藏所在位置的密碼隱藏在供水系統中，並說：「先找到短句密碼的人，我就會把寶藏給那個人。」水流進去的地方，文字會隱形。你能破解密碼嗎？

房	管	孩	程	死	喲	寶
是	眼	子	就	蚊	的	藏
間	胃	保	和	所	關	鈉
度	到	馬	箱	圓	甲	塔
中	在	於	圈	板	髮	頭

總之，和我們一直以來遵循的正統規則沒有太大差別。只是被指定了對戰順序而已。但是，當我坐到戰桌前時，卻感到無比緊張。

而且我很在意早上由美說的話。

「……阻止我哥哥……」

是什麼意思？

也許由美和我們有同樣的想法，想阻止她那失控的哥哥嗎？

我完全搞不懂，到底是什麼意思……？

只不過，無論由美的意圖如何，都是要先打敗進藤學長。

『那麼，第一題！』

聽到現場戰桌上傳來太鼓聲，我輕吐了一口氣。

身體因為壓力而僵硬，現在已經沒有多餘的時間去在意其他事情了。

『某個海盜將寶藏所在位置的密碼隱藏在供水系統中，並說：「先找到短句密碼的人，我就會把寶藏給那個人。」水流進去的地方，文字會隱形。你能破解密碼嗎？』

我立刻就知道這題如何解。儘管很緊張，但知道答案的瞬間還是覺得很開心。

解法是：只要水龍頭的水流出時，水流不進去的地方，把文字組起短句，就是答案了。

僅此而已，答案稍微想一下就能解出。

這是快速思考比反射性搶答更重要的競賽。數學不僅僅只有計算而已。

想一想，雖然我不如天音，但我也很喜歡數學。

好好想想，好好想想，好好想想……！那裡隱藏的話，文字只剩下……

「……我解開了！『**寶藏就保管在房間中**』！」

一但腦中出現答案，我就趕快把手伸出來。

接著輸入這些簡單的文字。

說

當水從水龍頭流出時，讓我們把水流得進去的地方都填滿吧！接下來，再透過文字連結，就能輕鬆找出隱藏在其中的句子。

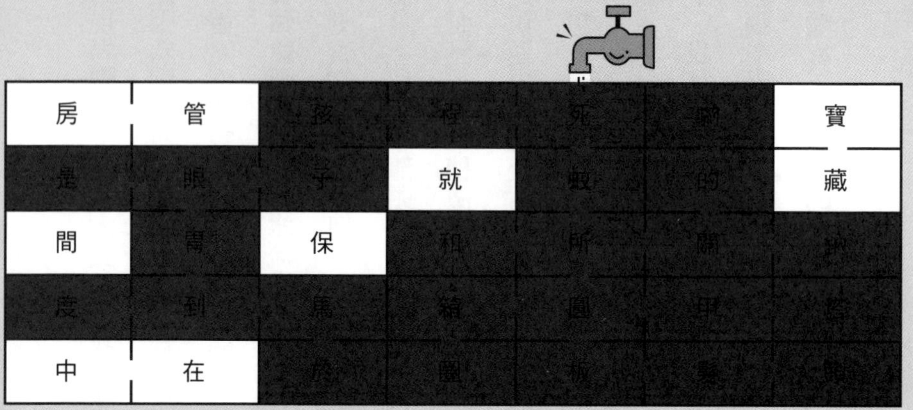

答案 寶藏就保管在房間中

『獲勝者，橫山誠志郎！』

聲音從戰桌上響起。頓時，教室裡一陣熱烈沸騰。

我不再像以前那樣隱藏著情緒和說話聲，也發出高興的聲音。

「贏了，天音！」

我回過頭，看向天音。

「先獲得一勝！接下來，如果天音獲勝，就是兩勝了！那我們就贏了。」

我相信天音也會很高興。但是，

「……為什麼……」

然而，儘管贏得了比賽，天音看著我的眼神，仍然一臉疑惑。

「誠志郎……為什麼由美完全都沒有動作？」

「由美？」

我看著戰桌對面的由美。

她雙手抱在腦後，表情輕鬆地轉過頭看向旁邊。

「什麼叫為什麼，就像我剛剛在你耳邊承諾的那樣呀。橫山。我會把一勝奉送給你，也保住了你的面子。」

「承諾？什麼!?」

「嘿嘿，別裝傻喔。」

進藤學長插話道。

「本來當著大家的面，我不想把實情全都說出來，但你這樣裝作不知道不太好吧。你就是要靠我和星宮之間的競爭吧。」

「什……！」

我震驚得說不出話來。……被騙了……？

原來如此……這是進藤兄妹的競賽手段，為了要讓天音產生質疑，要影響她的思考。

「不，才不是這樣的，天音。我沒有。」

「我知道，我才不會相信這種謊言。」

天音堅定地說。但……

數知戰是需要瞬間集中力的嚴厲競賽，稍微有些動搖都足以影響結果。

尤其是天音過去的經驗，應該對這樣的事情很敏感，而且，由美早上的低語……給現在這種情況很大的說服力。

「那麼……」

我內心充滿著不安，進藤學長把手肘放在了戰桌上。

彷彿正在看著被困在陷阱中的動物般，臉上露出了燦爛的笑容。

「真的太有趣了。數知戰從現在開始。」

「說什麼……」

這就是第七名的競賽方式……不僅僅要快速、準確地解決問題。

勝利條件：二戰勝

問題

繪製A公園周邊區域地圖時，要以一定的規則對各區域進行編號，但「？」的部分目前無法判讀。同學A和同學B都試圖解開規則，只不過他們算出來的數字各不相同。請思考他們各自回答的是什麼數字。

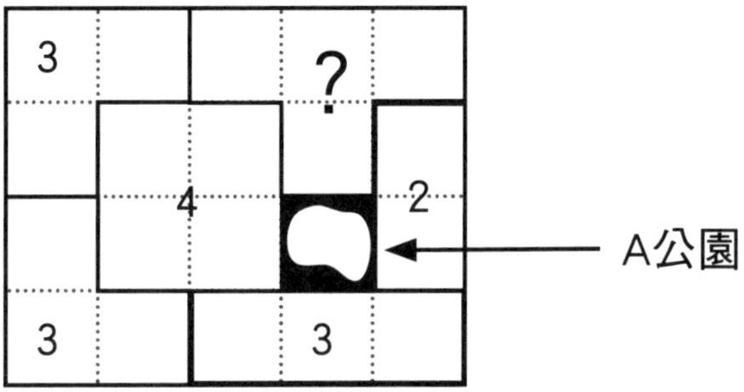

就算捨棄掉一次勝利，也要在天音心中，

埋下不安的種子……

當然天音應該不認為自己會上當。

但即使是一絲絲的裂縫，也足以引起內心的不安。

我確信進藤學長正在使用這種神祕陷阱來讓他所謂的「橋樑」變得更容易通過。戰桌外的心理戰也是他的強項之一……

『第二題』

『繪製A公園周邊區域地圖時，要以一定的規則對各區域進行編號，但「?」的部分目前無法判讀。同學A和同學B都試圖解開規則，只不過他們算出來的數字各不

相同。請思考他們各自回答的是什麼數字。』

天音盯著螢幕，但是眼中始終沒有過去的神采。

另一方面，進藤學長在出題的同時，非常迅速地點擊了螢幕。

並在戰桌上宣布自己獲勝。

『獲勝者，進藤京介！』

◇◆所持積分◆◇

排名	姓名	總積分	目前投注積分
等級B	横山誠志郎	一六五〇〇〇	全押
等級B	星宮天音	一〇〇〇〇	全押
第七名	進藤京介	二〇三〇〇〇	八七五〇〇
第八名	進藤由美	一九七〇〇〇	八七五〇〇

18 大家的力量

「……對不起……」

我一臉痛苦地，向天音道歉。

答案是四和三。是問號中正方形的數量，以及公園旁邊以外的土地數量。

天音應該毫無問題地可以回答這個問題……我低下頭，無法看著天音的臉。

「說什麼別被騙了。說什麼誠志郎不可能背叛我……，我很清楚這只是他試圖利用心理戰而已。

但儘管如此，我還是一直回想到過去……」

「嗯……都是我的錯，給他們見縫插針的機會……」

我盯著自己的膝蓋回答道。

雖然對進藤學長的作法不以為然，但他真的很強。他不是任何人都能輕易打敗的對手。他的解題速度也非常驚人，或許可以和天音相提並論。

但是……我在這時候給他們見縫插針的機會……

「來吧，橫山。」

當我內心感受到重壓時，進藤學長叫了我的名字。

「快要跨過勝利之橋了，你準備好背叛同學的信任了嗎？」

「可惡……」

說實話。此時，我徹底被壓制了。

進藤學長的運算速度。還有，競賽策略。

面對如此熱衷於勝利的人，我能怎麼做？

如果我現在道歉，那麼至少天音……

一個沒出息的念頭，在我的腦海裡浮現。

「橫山啊！」

一道低沉的聲音，從圍觀的人群中傳來。

當我看過去時，看到吸引大家注意的是自然委員會的小櫻，她明明不是那種會大呼小叫的女生……

「他才不會做進藤學長說的那種事！明明對自己沒有任何好處，卻還是幫助了我。他正為了大家，要改變數知戰！」

「對啊！」

旁邊的杏理也跟著附和，緊握著鼓起勇氣說話的小櫻。

「橫山就是橫山！什麼時候變得那麼沒用了，稍微被攻擊，情緒就那麼沮喪，沒有一點覺悟的話，那乾脆輸了算了。」

「連妳們也……」

我內心，難過著。

對進藤學長道歉？我剛才到底都在想些什麼啊？

愧疚和悲傷的感覺充滿了我的內心。這時候，

「誠、誠志郎！」

即使在教室後面，我也能聽到這個聲音。轉頭一看，是塔子。

她的身體很明顯地因為恐懼而顫抖著，雙手不穩地抓著制服。

「剛剛的、剛剛的，是進藤學長的慣用手段，他會組隊後，再破壞對手彼此間的信任感。這是他的慣用手段！別被騙了！」

「吵死了！閉嘴！」

進藤學長發出威脅的吼叫聲時，塔子蹲了下來，尖叫著。

明明害怕到快哭出來，卻還是鼓起勇氣對我喊話，我……

我可以這樣下去嗎？對進藤學長畏縮不前，對天音感到愧疚，接下來馬上就要面對第三題的競賽了，我真的可以嗎？

不是這樣的。思考一下。為了我們，為了天音，一定有我們應該做的事情。

要做些什麼？也去干擾進藤學長嗎？難道，如果要這樣的話……

我的內心猶豫著。

就在那一刻，我感覺自己的頭快要爆炸了。

『單純地思考吧，誠志郎。』

我聽到從某處，傳來這個熟悉的聲音。

聽到這句話，我突然覺得自己回神了。

你討厭競爭嗎？你不是說過不要讓數知戰變成這樣嗎？

你要為了保護它而戰。就像天音現在所做的那樣。

想到這裡，我的內心突然出現了答案。非常單純的。

「天音。」

我抬起頭，看著她。天音也直視著我。

面對天音疑惑的眼神，我深深吸了一口氣。

問我怎麼了嗎？這件事，我們早就決定好了。

是她讓我可以有機會改變數知戰，並且與我並肩作戰。

所以，我認為我必須找回真正的自己。

我把自己內心的想法投注在語言中。

「我……我希望妳相信我。」

當我這樣告訴她時，她停頓了一下。接著說道：

「——當然。」

回答這個問題時，天音的表情一如往常。

平靜而澄澈的臉龐，卻無比自信，看起來就像個女王一樣。與之前相比，原本烏雲密布的眼神已經散去。

「我相信你。所以，誠志郎，」

天音用那樣的表情呼喊著我的名字。

「下一道問題，讓我來解。誠志郎只要在我身邊，信任著我就好。」

「我只要在這裡就好？我也可以一起思考……」

「只要誠志郎在我身邊，相信我，下一道問題，我不會輸。」

「……明白了。」

這也是表達信任的一種形式。我緩緩地點了點頭。

小櫻、杏理、塔子……不，不只她們三個人。

我們得到的積分，是每個人勇氣的證明。

我如此深信著。爸爸也在看著我。

「簡直是胡說八道！」

進藤學長看到這一幕，怒吼道。

「這場戰鬥平常得很，我絕對不會輸！我會贏！」

「你思考後會發現，如果石橋受到太重的敲擊，就會損壞。這也是進藤學長輸掉競賽的時候。」

正當我和進藤學長爭論的時候，

『第三題，文字題！』

咚！太鼓聲響起。

無論是哭是笑，這次都是最後的戰鬥了。四人已經各就各位。

我能做的不多，但如果我和天音不齊心協力，就贏不了競賽。

我所要做的就是相信天音，並靜待著。

『你正在嘗試為喜歡的人製作甜點。必須剛好加四〇〇毫升的水才能製作得出來。但廚房裡並沒有任何測量工具。』

戰桌上繼續傳來ＡＩ的聲音。

『能夠使用的只有手邊五〇〇毫升和七〇〇毫升的空寶特瓶，使用次數不限，也可以把水倒掉。在這樣的條件下，請用移動螢幕上的工具來，測量出四〇〇毫升的水。請答題。』

我盯著螢幕上顯示著水龍頭和各種尺寸的寶特瓶。應該稍微移動一下就可以算出正確答案了吧，這是道有趣的問題。我也想解解看……

獲勝條件：二戰勝

問題

你正在嘗試為喜歡的人製作甜點。必須剛好加四〇〇毫升的水才能製作得出來。但廚房裡並沒有任何測量工具。

能夠使用的只有手邊五〇〇毫升和七〇〇毫升的空寶特瓶，使用次數不限，也可以把水倒掉。在這樣的條件下，請用移動螢幕上的工具來，測量出四〇〇毫升的水。請答題。

【可用工具】

取水　倒掉的水　寶特瓶（500毫升）　寶特瓶（700毫升）　做甜點使用的水

不，別想了。

我看了旁邊的天音一眼。

天音將大姆指放在唇邊，眼中閃爍著平靜的光芒。

沒錯。我就是為了這個才站在這裡的。現在思考題目並不是我的工作。我必須全力以赴地支持天音專注比賽！

「橫山！」

突然間，由美從戰桌對面開始動搖著我。

「跟之前約定的一樣，拜託了！請妨礙星宮！」

「好了啦！這種計謀對我們來說已經沒用了。我們不會感到不安了。」

我反擊道，由美則大聲咂舌。

當我再度看向天音時，發現她完全泰然自若，全神貫注地思考著問題。

也許過去的一些事又會再度閃過她的腦海，但這已經不再是她過去所處的狀態。

「我會保護我自己的歸宿，因為這裡是我好不容易才找到的地方。」

天音說道。眼睛仍然盯著螢幕，手則放在螢幕上，就像它是另一個生物一樣。

——解開了嗎？

但進藤學長似乎也在同一時間找出答案，和天音同時開始操作。天音也是，速度一如預期地快。

剩下就交給速度決勝負了。我守護著並且屏息以待。

兩人同時完成螢幕上的操作，我們的……不，教室裡的所有同學盯著戰桌。

『獲勝者！』

戰桌的聲音響起，接著響起的是！

『橫山誠志郎與星宮天音——！』

解說 為地圖編號的法則有以下二種：

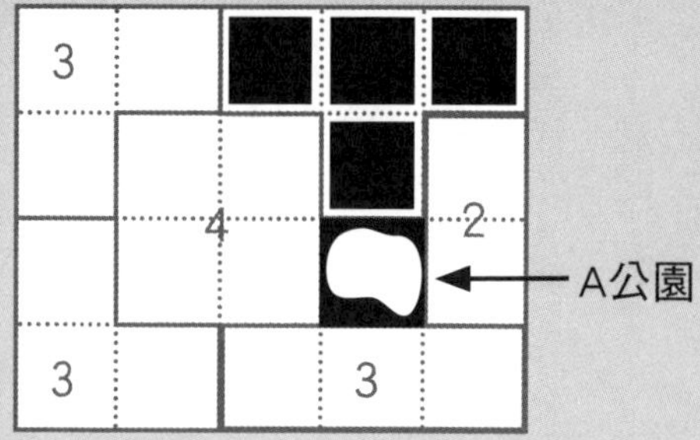

① 方格數

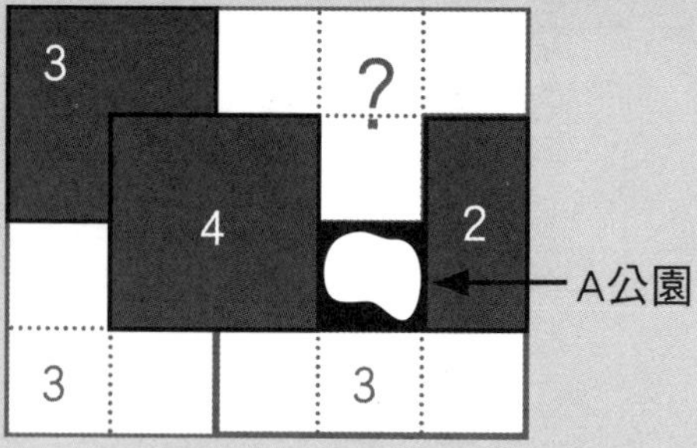

② 鄰近公園以外的土地數量

答案 4與3（順序不同）

解說

① 將水倒入700毫升寶特瓶中，再將水轉移到500毫升寶特瓶中。

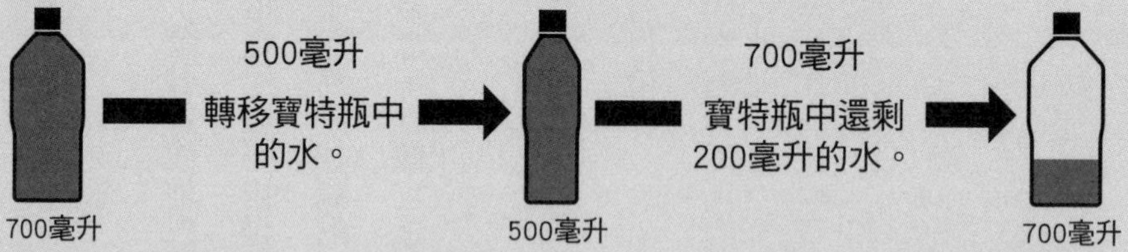

② 倒掉500毫升寶特瓶中的水，將700毫升寶特瓶中剩餘的200毫升轉移到500毫升的寶特瓶中。

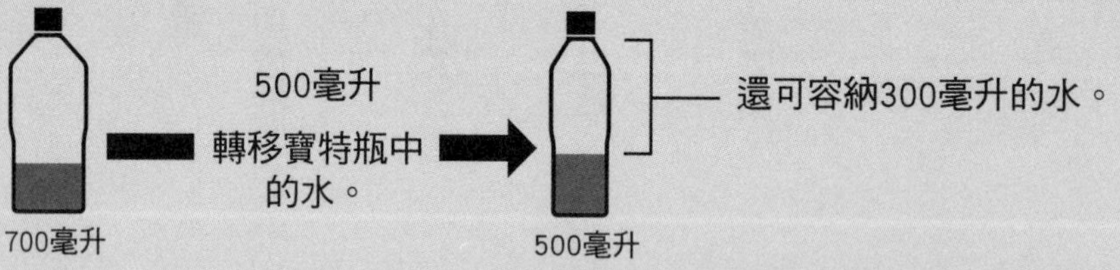

③ 將700毫升寶特瓶再次裝滿水，再度轉移到500毫升寶特瓶中。

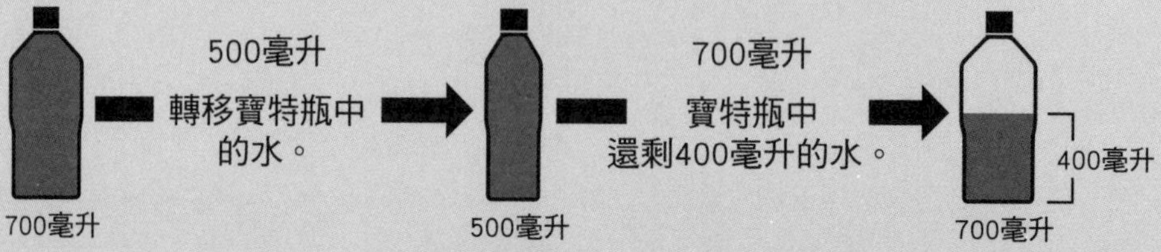

④ 700毫升寶特瓶中除去了300毫升的水，就會留下400毫升的水了。

◇◆所持積分◆◇

排名	姓名	總積分	目前投注積分
第七名	橫山誠志郎	三四○○○○	
等級B	星宮天音	一○○○○	
等級A	進藤京介	一一五五○○	
等級A	進藤由美	一○九五○○	
第一名	朝月春歌	?????	

結語

進藤兄妹就像是小孩子賴皮般，仍然賴在戰桌前。

距離競賽結果已經過去十分鐘了，兩人之間依然沒有任何對話。

尤其是進藤學長的心情低落程度令人難以置信。他臉上毫無生氣地把學生證遞了給我，直接坐在原地。

「結果，最安全的想法，居然是最危險的。」

天音站在他們兩人的身後，俯視著。

「如果還有下次，我們何不一起努力想出獲勝的策略呢？不過，我想你們用過這麼糟糕的手段之後，應該已經無法與任何人進行公平的比賽了吧。」

不知道這些話是否話傳進他們耳中，兩人像是金魚般，嘴巴張開又合上，眼神一片茫然。陽光從窗戶照了進來，我的內心五味雜陳。

那場競賽後，我們和為我們加油的同學們一起歡欣鼓舞，再次感受到獲勝的感動。

是的，數知戰本來就是要有這樣的情緒才對，大家感受到團結，即便輸了競賽也能打從心底佩服地認為「這是場好競賽」，這正是我爸爸希望的，也是天音……不，這肯定是大多數學生所期待的數知戰。

這就是為什麼，我不能僅僅贏得這場競賽就算結束。

「好，我們走吧。」

天音面向走廊，指了指電梯。

「走？去哪裡？」

「不是已經決定了嗎？我們要到三十四樓的學生會，因為已經排名第七了，還有學生會的那些人，我們得對他們提出挑戰！」

「現在就開始……？」

雖然我有點害怕……

「……原來如此，我們走吧。」

我已經不能再總是說，自己不擅長競爭。
我必須盡快恢復爸爸所期望的那個數知戰。

◇◆◇

真不愧是三十四樓，連搭電梯都要花一點時間。
在上升的電梯裡，我和天音並肩而站。
我看了她一眼，天音的表情仍然沒有任何變化。完全感受不到她的情緒。
她對於今天的事和未來，有什麼樣的看法？畢竟今天經過一番苦戰……
「天音……妳不後悔嗎？」
「為什麼要後悔？」
「和學生會為敵……學生會就像這所學校的校規，不是嗎？而我們現在提升至第七名了，就非得再爭取更好的名次不可。」
「我不會後悔。」

天音開口回答道。

「因為我發現如此一來，我就能像過去那樣，在人們面前享受著數學計算的樂趣。我也不想讓任何人遭受到我當時的感受。要做到這點，就不能只是保持沉默。誠志郎……這是你教我的。」

「你這麼說，真是抬舉我了，不過……啊，我也是。」

「誠志郎也是嗎？」

「是的。有時候必須競爭，才能保護自己想保護的事物。這也是天音教我的。」

「沒錯。——你果然跟我想的一樣。」

天音看著我。

「我們是很好的搭檔。謝謝你對我的信任。」

「這是我的台詞。」

聽到我的回答，天音露出燦爛的笑容，電梯門也剛好打開。

三十四樓是整個小學部的學生會使用的樓層。國中學生會則位於三十五樓。

我們走出電梯，環顧四周。

我第一次來到這裡，這裡有很多書架，還有好幾張戰桌。放在這裡的桌子都有一種高級感，就像企業社長的辦公室那樣，與我們的課桌有很大的不同。

最裡面的窗戶邊，室內植物後面有一個人。

他的雙手放在身側，悠閒地凝視著大片窗戶外。

「如果你來了，就表示進藤輸了？」

那個人轉向我們。我看到的是，學生會長朝月春歌……那瘦長的身體，在夕陽的照射下，閃爍著明亮的光芒，並帶有火紅色。

「沒錯，我和這個女生贏了。」

「──報上名來吧。」

我和天音點點頭。然後朝著他大步向前，彷彿要劃破敵境的空氣般，我自豪地在他面前舉起學生會徽章。

「橫山誠志郎。從今天開始，我就是第七名！」

後記

大家好。

我是《用數學一決勝負吧！》的作者りょくち真太，請多多指教。

這次的故事主題是小學生的學校地位要透過數學競賽來決定，只不過這裡的數學並沒有枯燥的計算和算式。

取而代之的是，各種需要數學思維邏輯的競賽。

也許有人會說：「這樣還叫數學嗎？」

但是，數學到底是什麼呢？

答案可能因人而異吧，但以我的觀點來看，數學不僅僅是算式或計算能力。

或許，「思考邏輯」本身，才是數學的真正本質。

所以我構思出這個故事時，是以想像力和速度為武器，創作出許多解題的場景。

也許當你讀完本書時，你會感覺到自己的數學能力自然而然地提升吧？
如果真的能這樣，那就正是我所樂見的結果。
最後，我要感謝插畫家ろづ希老師，他用插圖使這則故事和人物更為生動。我身邊有許多人特別喜歡朝月學長。
此外，還有各位讀者們。非常感謝你們拿起這本書，希望本書能為各位帶來良好的閱讀體驗。
那麼，我們下一個故事再見吧。

りょくち真太

【參考資料】

- 《東大松丸式數字解謎訓練 在玩樂的同時獲得思考！（東大 松丸式 数字ナゾトキ—楽しみながら考える力がつく！）》（鱷魚書社二〇一八）
- 《終極警探2》（Die Hard 2，由二十世紀福斯影業公司一九九〇出品）

用數學一決勝負吧！——算術支配的學校

作　者——りょくち真太
繪　者——ろづ希
譯　者——王榆琮
主　編——王衣卉
行銷主任——王綾翊
書籍設計——Anna D.
書籍排版——唯翔工作室

總 編 輯——梁芳春
董 事 長——趙政岷
出 版 者——時報文化出版企業股份有限公司
108019台北市和平西路三段二四〇號
發行專線—（〇二）二三〇六六八四二
讀者服務專線—〇八〇〇二三一七〇五
（〇二）二三〇四七一〇三
讀者服務傳真—（〇二）二三〇四六八五八
郵撥—一九三四四七二四時報文化出版公司
信箱—一〇八九九台北華江郵局第九九信箱

時報悅讀網——http://www.readingtimes.com.tw
電子郵件信箱——yoho@readingtimes.com.tw
法律顧問——理律法律事務所　陳長文律師、李念祖律師
印　刷——家佑印刷有限公司
初版一刷——二〇二五年六月二十日
初版二刷——二〇二五年七月二日
定　價——新台幣三五〇元

時報文化出版公司成立於一九七五年，
並於一九九九年股票上櫃公開發行，
於二〇〇八年脫離中時集團非屬旺中，
以「尊重智慧與創意的文化事業」為信念。

用數學一決勝負吧！／りょくち真太文；ろづ希圖. -- 初版. -- 臺北市：時報文化出版企業股份有限公司，2025.06
208 面；14.8×21 公分
ISBN 978-626-419-545-4（平裝）
861.596　　114006453